GODARD D'AUCOURT

MÉMOIRES TURCS

avec l'histoire galante
de leur séjour
en France

Illustrations en couleurs de Pierre ROUSSEAU

★

PARIS Ve
Maurice GLOMEAU, Editeur
41, Rue Pierre Nicole
1927

Déjà parus dans cette Collection

Godard d'Aucourt. — *Thémidore ou Mon histoire et celle de ma maîtresse*, **illustrations en sanguine de Louis Malteste, 1 vol. in-8° carré sur pur chiffon du Marais... 25 fr.**

Voisenon (M. de) — *Le Sultan Misapouf et la Princesse Grisemine ou Les Métamorphoses*, **illustrations en couleurs de Pierre Rousseau, 1 vol. in-8° carré (Tirage à 1.000 ex. num. sur pur chiffon du Marais).................. 25 fr.**

MÉMOIRES TURCS

JUSTIFICATION DU TIRAGE

Nos 1 à 14. — Ex. pur chiffon du Marais, triple suite des hors textes et une aquarelle originale de Pierre ROUSSEAU, ayant servi à l'illustration.

15 à 65. — Ex. pur chiffon du Marais, triple suite des illustrations.

66 à 500. — Ex. pur chiffon du Marais.

No

« Il m'apprit qu'il devait sa connaissance
au voyage qu'il avait fait à Paris en 1721... ».

GODARD D'AUCOURT

MÉMOIRES TURCS

avec l'histoire galante
de leur séjour
en France

Illustrations en couleurs de Pierre ROUSSEAU

★

PARIS Ve
Maurice GLOMEAU, Editeur
41, Rue Pierre-Nicole
1927

MÉMOIRES TURCS

PUISQUE je me trouve dans un pays si fertile en auteurs, on me permettra bien de l'être aussi. Un Turc, quoi qu'on en dise à Paris, est un homme comme un autre. Les Français sont assez polis pour me pardonner les fautes que je ferai en leur langue. Je l'avais apprise dans mon enfance avec un soin extrême ; mais je l'ai un peu négligé depuis quelques années que je travaille à mettre l'Alcoran en vers turcs. Je pourrai bien aussi le mettre quelques jours en vers français.

J'en apprends les règles. Comme je veux, avant que de sortir de France, me faire recevoir en associé dans quelque Académie, je suis bien aise de faire voir un ouvrage de ma façon. Ce sont mes mémoires, que je prends la liberté de présenter au public français, que je prie de m'être favorable. Malgré ma grande jeunesse, l'histoire de ma vie ne laisse pas d'être amusante, et de contenir des faits fort intéressants, ainsi qu'on va le voir. J'avais résolu de donner le nom de Préface à ce petit préambule ; mais ayant appris qu'on n'en lisait point en ce pays, je me contente de dire à la fin, que c'est une Préface qu'on vient de lire.

Nous autres Turcs, nous ne connaissons souvent que nos pères, en cela bien différents des Français, qui ne peuvent répondre que de leur mère. J'avais environ dix ans, quand curieux de connaître la mienne, dont je n'avais jamais entendu parler, je demandai un jour à Bacha Muley, mon père, si elle était morte. Je m'aperçus que ma question l'affligeait. Les enfants sont sensibles ; je me mis à pleurer, mes larmes attendrirent Muley. Il me prit entre ses bras en soupirant et me dit qu'elle vivait encore, qu'elle m'aimait, mais que je ne pouvais la voir, étant trop éloignée. Comme mon père me parlait en français et que je lui demàndai pourquoi il me faisait apprendre cette langue avec tant de soin. C'est, mon fils, me dit-il, qu'ayant accompagné en France l'Ambassadeur de la Porte, il y a environ dix ans, j'en suis revenu avec une estime singulière pour cette Nation.

Incapable d'aucune réflexion, je me contentai de cette réponse. Quelques mois après, Bacha Muley me fit expliquer plusieurs lettres françaises, voulant apparemment juger par lui-même des progrès que j'avais fait en cette langue. Je les rendis en turc le mieux qu'il me fut possible, pour lui faire voir que j'en saisissais le sens à merveille. On aime à montrer ce qu'on sait. Depuis ce jour, toutes les fois qu'il recevait des lettres de l'aimable française qui lui écrivait, il ne manquait jamais de me les faire expliquer. Il semblait qu'il prenait plus de plaisir à m'entendre lire les douceurs qu'elles contenaient, qu'à les lire lui-même, comme si, en passant par ma bouche, elles eussent pris de nouvelles grâces. La lecture faite, mon père ne manquait jamais de m'embrasser sur le front et sur les yeux, en me serrant entre ses bras.

J'étais si charmé de ses lettres et des tendres caresses qu'elles me procuraient, que quand je pouvais voir Muley, je lui demandais avec empressement s'il n'avait rien à me donner à lire. Non, me disait-il quelquefois, en me jetant de tendres regards qu'il levait ensuite vers le ciel :

on nous oublie, mon cher Dely. Comme il me cachait toujours quelque chose des lettres qu'il recevait, et qu'il ne me laissait pas lire tout indifféremment, je sentis naître en moi un mouvement de curiosité. Je cherchai bientôt à le satisfaire ; j'attendis avec impatience que Bacha me fit appeler, pour expliquer quelques nouvelles lettres. Comme il ne manquait jamais de m'en faire relire en même temps trois ou quatre des anciennes, j'espérai pouvoir me saisir adroitement de quelques unes sans être aperçu.

Ce jour si attendu étant enfin arrivé, je mis la moitié de mon attention à examiner où Muley mettait ses lettres, quand je les avais lues : m'apercevant qu'il les glissait dans sa ceinture, je me saisis adroitement de la première qui me tomba sous la main en le caressant et le serrant entre mes bras à mon ordinaire, je la cachai sans qu'il s'en aperçut. Mon larcin fait, il me tarda d'être seul. Je ne fus pas plutôt libre, que je satisfis ma curiosité. Je reconnus avec plaisir que cette lettre était une de celles dont mon père ne m'avait laissé lire que quelques lignes. Mon ardeur à la parcourir fut si grande, et je la lus avec tant de rapidité, qu'à la première lecture je n'y compris rien. Surpris cependant d'y avoir trouvé mon nom, je la relus avec encore plus d'avidité, je mis en usage tout ce que je savais de français, pour en comprendre jusqu'au moindre terme.

Cette lettre m'apprenait des choses trop intéressantes, pour ne l'avoir pas conservée le plus précieusement qu'il m'a été possible. Je l'ai encore relue mille fois avec un nouveau plaisir. Elle commence par quelques plaintes que cette belle française fait à mon père sur ce qu'il a été deux mois sans lui écrire ; et après de tendres reproches, dont l'amour semble avoir choisi les termes, voici ce qu'elle dit à mon sujet, et ce que Muley n'avait jamais voulu me laisser traduire :

« Embrassez pour moi notre cher Dely, que « vous êtes heureux d'avoir près de vous ce gage « précieux de l'amour le plus constant qui fût « jamais ! Lui parlez-vous quelques fois de sa « tendre mère ? A-t-il quelques uns de mes « traits ? Puisse-t-il les retracer tous à vos yeux ! « Cher Muley, ne le confondez-vous point « parmi les enfants de vos esclaves ? Non, je ne « le puis croire. Né d'une mère libre, il jouit d'un « sort plus heureux. Adieu, puissiez-vous ne « jamais oublier votre chère Euphémie ! »

Convaincu que je tenais la vie de cette française, je conçus dès lors combien elle était chère à Bacha Muley, par les bontés et les attentions qu'il avait pour moi. Je me rappelai avec plaisir les larmes de joie que je lui avais vu répandre en lisant les lettres de ma mère ; et je comprends aisément quelle satisfaction c'était pour lui de se les faire relire par le fils de celle qu'il aimait. Ma voix l'attendrissait ; je m'étudiai depuis ce jour à en rendre encore les inflexions plus tendres. Quand Bacha m'employait à ce doux ministère, je m'attendrissais souvent moi-même. On verra dans la suite comment je passai en France.

Un jour que mon père écrivait à cette belle, il me demanda si je ne serais pas bien aise de lui faire un petit compliment en français. Sur ce, je lui répondis que j'en serais charmé ; il me donna sa plume et me dit d'écrire ce qui me viendrait à l'esprit, sur le revers de sa lettre. Je compris qu'il était bien aise d'envoyer de mon écriture à ma mère. En vain je le priai de me dicter ce qu'il souhaitait que j'y misse ; il voulut que cela vint de moi. Voici ce que j'écrivis : « Dely vous aime de tout son cœur, Madame.» Bacha Muley fut si charmé de ce que je venais d'écrire, qu'il m'embrassa avec transport. A la première lettre qu'il reçut de France, je demandai à mon père si la dame avait été contente de mon petit compliment. Il me répondit qu'oui, et me donna à lire sa réponse qui commençait ainsi : « Je suis sensible à l'amitié de l'aimable Dely, que j'embrasse de tout mon cœur. » Je ne manquai pas une fois d'écrire quelques lignes dans toutes les lettres de Bacha Muley, et il y avait toujours quelques mots pour moi dans celles d'Euphémie.

Un jour que je voulus savoir de mon père si cette française n'était pas quelques unes de ses anciennes esclaves, dont il se serait défait, il me parla de cette dame en des termes qui me firent connaître combien il la mettait au-dessus de toutes les femmes qu'il avait dans son sérail. Il m'apprit qu'il devait sa connaissance au voyage qu'il avait fait à Paris en 1721 ; qu'il l'avait aimée, et qu'il en avait été aimé tendrement, que depuis ce temps, l'absence n'avait servi qu'à serrer les nœuds qui les unissaient. Comme je lui demandai pourquoi il ne l'avait pas amené avec lui ; qu'il était assez riche pour acheter la plus belle femme du monde. Mon fils, me dit-il avec bonté, chaque pays a ses usages ; les femmes que vous voyez ici, nos esclaves et soumises à toutes nos volontés, sont en France autant et plus libres que nous. Chaque homme n'en peut posséder qu'une ; mais j'avoue, ajouta-t-il, que si toutes ressemblent à Euphémie, malgré la multitude de celles qui peuplent mes sérails, les français sont mieux partagés que nous. Hé ! qui a empêché cette dame de vous suivre librement, dis-je à mon père ? (Ce qui m'a empêché moi-même de demeurer en France). Notre religion mon fils, répondit Muley. Je plains son sort, elle plaint le mien ; tous deux fermes et inébranlables dans notre croyance, nous avons fait de vains efforts pour nous convaincre. Elle a résisté à mes raisons ; j'ai résisté à ses larmes. J'ai séduit son cœur, mais je n'ai pu séduire sa foi, tant il est difficile de vaincre les préjugés dans lesquels nous sommes nés.

J'avais environ 14 ans quand Bacha Muley me tint ce discours. Il se servit de cette occasion pour m'engager à demeurer fidèle au grand Mahomet et à ne pas me laisser surprendre par les apparences, si j'allais quelque jour en France.

Bacha Muley avait passé successivement par toutes les charges de l'Empire. On ne fait guère ce chemin sans exciter bien de la jalousie. Chaque pas offre de nouveaux rivaux à combattre. Les a-t-on surmontés, ce sont des ennemis d'autant plus dangereux, qu'ils cachent avec art le mal qu'ils veulent faire. Mon père ne parvint aux postes les plus brillants que pour tomber de plus haut.

Un jour que nous lisions des lettres de l'aimable française, et qu'il me tenait entre ses bras, j'eus la douleur de voir une troupe de janissaires me l'arracher malgré moi et le conduire en exil dans les confins de la Turquie ; à peine lui laissa-t-on le temps de me dire en m'embrassant : Apprenez, mon fils, par mon exemple, ce que c'est que la fortune. Après ce peu de mots, auxquels je ne répondis que par des larmes, il fallut nous séparer.

Comme personne ne put savoir où Muley était relégué, le bruit se répandit que sa vie avait été terminée par le fatal cordon.

Ainsi, je fus privé du plus tendre de tous les pères, dans le temps que j'avais le plus besoin de ses conseils. Que cette perte rendit mon sort différent de ce qu'il avait été jusqu'alors. Je tombai dans l'état le plus déplorable qui fût jamais. Bacha Muley avait un autre fils légitime, nommé Safar, qui, selon les lois du pays, devait hériter de tout : car ma mère étant inconnue, j'étais réputé fils d'esclave et réduit à un bien si médiocre, qu'à peine pouvait-il me suffire pour vivre.

Béma, mère de Safar, me haïssait mortellement. Jalouse des bontés que son époux avait pour moi, ou du peu d'égard qu'il conservait pour elle, elle avait elle-même travaillé à sa disgrâce. Je l'ai toujours cru d'intelligence avec les ennemis de mon père ; quoi qu'il en soit, je ne pus lui donner que des larmes.

Persuadé que Muley n'était plus, je me dérobai

d'une maison si funeste et je fus m'engager volontairement au service d'un marchand d'esclaves, nommé Aray. Je le suivis en Perse, où il allait acheter des femmes pour fournir les sérails des premiers de Constantinople. Un de mes amis, peu favorisé de la fortune, eut la générosité de me suivre.

On ne pleure pas toujours ; le temps adoucit les peines les plus amères. Comme j'étais dans un âge que les passions se font le mieux sentir et que je les ai un peu violentes, je ne voyais guère de personnes aimables sans sentir naître en moi des désirs que j'avais peine à réprimer ; mais rien n'égala les transports de joie et les tendres sentiments qui s'emparèrent de mon cœur à la vue d'une jeune Persane dont je parlerai bientôt. C'est une de ces beautés rares, que le Créateur ne semble avoir embellie de tant de traits charmants, que pour donner une idée abrégée de sa Toute Puissance.

Nous étions près de rentrer en Turquie avec une douzaine de femmes des plus belles que nous ayons pu trouver, lorsqu'un homme, mis assez simplement, vint nous dire qu'il avait une fille d'une beauté ravissante : il ajouta qu'il l'élevait depuis longtemps avec un soin extrême, qu'elle était digne de rentrer dans le sérail du Grand Seigneur. Comme nous n'étions qu'à deux farsanges de l'endroit où elle était, Aray m'y envoya pour voir si cet homme n'exagérait point les charmes de sa fille, il est naturel de vanter ce dont on veut se défaire, nous étions d'ailleurs accoutumés à entendre chaque jour de semblables exagérations. Asor, c'est le nom de ce bon vieillard, me conduisit à travers des bois et des montagnes inaccessibles, dans une espèce d'habitation qu'il avait entre des rochers. Je frémis à la vue d'un séjour si horrible et capable d'effrayer le plus intrépide des hommes ; d'un côté ma vue se perdait dans des abîmes creusés par des torrents qui s'y jetaient avec un bruit épouvantable et de l'autre, à peine mes yeux pouvaient-ils atteindre le sommet des montagnes que nous cotoyions.

A l'horreur d'un séjour si affreux, succéda l'objet le plus aimable. Je trouvai dans une espèce de petit jardin sauvage une jeune fille, telle que je n'en avais jamais vue. La douceur de son visage dissipa bientôt les craintes mortelles dont je n'avais pu me garantir, et mon cœur fut bientôt occupé d'autres soins. Asor appela Théophie, lui ayant dit de nous suivre, il me conduisit dans une petite cabane qui terminait le jardin : là, m'ayant fait asseoir sur un gazon qui régnait autour, voilà, me dit-il, la personne dont je vous ai parlé, pensez-vous que votre maître en sera satisfait ? j'ai tout lieu de le croire, lui dis-je, avec une émotion et un trouble que je n'avais pas encore senti ; aussi jamais l'amour ne s'était-il offert à mes yeux avec des traits si charmants.

Tout me ravissait en cette aimable jeune fille. A chaque regard, je découvrais de nouvelles grâces qui allumaient de nouveaux feux dans mon cœur. Asor m'étala les charmes de sa fille ; il m'en faisait remarquer jusqu'aux moindres agréments. J'en découvrais mille fois plus d'un coup d'œil qu'il ne m'en disait et qu'il n'en avait sans doute remarqué lui-même. Je voyais des yeux de l'amour.

Comme Théophie était droite devant moi, je la priai de me donner une de ses mains. Elle la mit aussitôt dans les miennes ; je la trouvai d'une beauté si parfaite et d'une blancheur si éblouissante que je brûlai d'y porter mes lèvres ; mais je me retins par prudence, de crainte que paraissant trop charmé de Théophie, Asor ne la mit à un prix excessif, ce qui m'aurait désespéré.

Je puis donc la conduire à votre maître, me dit ce vieillard avec un air de satistaction, qui marquait combien il était charmé de se défaire d'un si aimable objet. Cela ne doit point surprendre les français qui lisent ces mémoires ; c'est un honneur pour les femmes d'Asie de passer dans nos sérails. On y destine les plus belles dès leur enfance. Leurs mères les instruisent elles-mêmes de la conduite qu'elles y doivent tenir. C'est ainsi que l'usage se rit des préjugés et autorise parmi certains peuples ce qu'il condamne chez d'autres. La nature répugne à peu de chose ; elle se plie à tout ; telle est à Paris une beauté fière et dédaigneuse, qui se trouverait honorée à Constantinople d'être l'esclave de celui à qui elle daigne à peine donner des lois.

Je n'eus pas plutôt assuré Asor qu'il pouvait conduire Théophie à Aray, qu'il nous quitta pour aller cueillir quelques fruits destinés à nous rafraîchir. Quel moment que celui où je demeurai seul avec cette charmante Persane ! Je la fis asseoir à mon côté et prenant une de ses mains, cette fois, je ne pus m'empêcher d'y porter ma bouche.

Quel est l'heureux mortel, lui dis-je, à qui tant de charmes sont réservés ? Que j'envie son bonheur. Que ne suis-je assez riche pour vous acheter moi-même, belle Théophie, et vous faire un sort digne de vous ! Hélas ! me dit-elle avec tendresse et une franchise que les françaises, naturellement dissimulées, auront peine à croire, il y a longtemps que je brûle de connaître un homme, et de faire son bonheur et le mien ; puisse celui à qui vous me vendrez, être aussi tendre que moi et que vous me le paraissez ! Toute la grâce que je vous demande, c'est de ne pas me faire passer dans le sérail de quelque vieux Bacha, où l'on n'a que l'honneur de leur appartenir sans goûter les douceurs de l'amour, après y avoir été destinée dès l'enfance. Non, lui dis-je, non, belle Théophie, tant de charmes ne seront pas perdus ; quelque jeune chef de nos braves janissaires en fera un usage conforme à vos désirs. Puisse-t-il vous ressembler, poursuivit-elle, en me jetant des regards animés de la plus vive tendresse. Que je serais contente de mon sort ! Flatté d'une réponse si conforme aux sentiments de mon cœur, je me plaignais en secret de n'être pas en état de posséder une si charmante personne.

Je ne sais qui me retint et me fit modérer les transports violents qui agitaient mon âme. Né d'une mère française, mon cœur est souvent français et dément l'habit que je porte. C'est de là que me vient le respect que j'ai pour le beau sexe et voilà l'origine de l'espèce de chagrin que j'ai toujours eu de voir en Turquie les femmes destinées à être nos esclaves, moi qui me suis toute ma vie senti porté à les adorer.

Je me contentai de demander à Théophie si elle n'avait jamais eu de commerce avec aucun homme ? Elle me répondit ingénument que non, mais qu'elle espérait, par mon moyen, bientôt avoir cet honneur. Qu'un français, accoutumé à se croire honoré des caresses d'une dame, eût été charmé des naïvetés de cette aimable fille, qui regardait comme un honneur de recevoir celles d'un homme !

Je voulus savoir aussi de quelle secte de Mahomet elle était. Je suis de celle de Jatab, me dit-elle. A ce mot, je ne fus plus surpris des espèces d'avances qu'elle m'avait faites. Je savais, pour l'avoir lu cent fois, que ce Jatab était un misérable, qui s'étant dit faussement disciple du grand Mahomet, avait publié une Religion à sa fantaisie. Les femmes, selon lui, ne sont pas de pures machines faites simplement pour notre plaisir. Il ne prive pas ces admirables automates de tout sentiment après leur mort. Il leur promet un Paradis comme à nous, où elles jouiront sans cesse, dit-il, d'un plaisir aussi vif que celui que leur aura procuré l'homme le plus aimable à qui elles se seront livrées pendant leur vie.

Mais il veut que toutes, à l'âge de 15 ans, aillent en pélerinage à la montagne d'Alphea où ce brigand s'est fait bâtir un temple et que celles qui plairont aux ministres de Jatab, y demeurent pendant huit jours, soumises à toutes leurs volontés. Les femmes de cette secte ne peuvent ni se marier, ni êtres exposées en vente aux marchands d'esclaves, qu'après avoir fait un saint voyage. S'il en naît un fils, il est destiné à servir les autels. Sa mère le va offrir elle-même et ces bons maris ont souvent la générosité de la renvoyer avec l'espérance d'en avoir bientôt un autre pour elle. Quelle charité! Une fille manque-t-elle à quelques-unes de ces lois, elle est non seulement privée de l'éternité bienheureuse qui lui est promise, mais encore à brûler sans cesse d'un amour violent, sans espérance de le satisfaire jamais. Il leur est défendu, sous les mêmes peines, de refuser leurs faveurs à aucun homme ; mais ce n'est qu'après le saint pélerinage ; jusque-là, elles doivent se conserver vierges. On me permettra cette dissertation en passant, en faveur de ce qu'elle est très nécessaire pour la suite.

Il ne me fut pas possible de douter que Théophie n'eût déjà fait le voyage de la montagne d'Alphea, puisque son père l'exposait en vente. Je lui fis quelques reproches sur ce qu'elle m'avait dit qu'elle n'avait eue de commerce avec aucun homme, en lui rappelant le pélerinage qu'elle avait dû faire. Il est bien vrai, me répondit-elle avec naïveté, que j'ai été à la montagne, mais nos ministres sont des saints et non pas des hommes. Qu'avais-je à lui répondre ? telle était sa croyance. Il n'est pas facile d'effacer de l'esprit d'une femme les préjugés qu'elle a une fois adoptés. Je me consolai d'abord, sur ce qu'étant homme comme les autres, Théophie dans ses principes ne pouvait pas me refuser ses caresses. Le penchant que j'avais conçu pour elle, était si violent, que je ne pensais plus qu'à le satisfaire, après avoir maudit mille fois le temple d'Alphea et les ministres de Jatab, lorsque Asor, qui revint chargé de fruits, modéra par sa présence la violence de mes transports.

Quelle fut ma surprise de voir avec lui une jeune fille d'une beauté encore au-dessus de celle de Théophie, que je croyais incomparable ! Je promenai d'abord mes yeux de l'une à l'autre, incertain sur laquelle je devais les fixer ; chacun de mes regards découvrait de nouvelles grâces : enfin, après bien des combats, je les arrêtai sur Zulime, à qui je trouvai je ne sais quoi de plus doux dans les traits que dans ceux de sa sœur ; car Asor m'apprit bientôt que cette jeune personne était encore sa fille et cadette de Théophie. Je lui demandai s'il ne voulait pas aussi la vendre ? Il me répondit qu'elle n'avait pas encore satisfait à ce que sa religion exigeait d'elle ; que si nous repassions l'année suivante, il pourrait aussi s'en accommoder avec nous.

Animé d'un tendre mouvement, que je ne fus

pas maître de réprimer, je voulus prendre la main de l'aimable Zulime pour la baiser, mais elle la retira avec vivacité, en me disant qu'il ne lui était pas encore permis d'avoir le bonheur de toucher un homme. Ses refus ne servirent qu'à la rendre plus aimable à mes yeux et à irriter mon amour ; nous mangeâmes quelques fruits tous ensemble et Asor se disposa à me suivre avec Théophie.

Je ne pouvais quitter Zulime ; mon cœur semblait me dire qu'elle était destinée à faire mon bonheur. Il fallut cependant m'arracher, malgré moi, de ce cher objet. Aray nous attendait ; il était temps de le rejoindre. Théophie commençait à perdre à mes yeux la moitié de ses charmes. Le voyage de la montagne d'Alphea me la faisait regarder avec d'autres yeux que Zulime, qui n'avait pas encore été souillée par les infâmes ministres de Jatab ; mais je la quittai avec la douleur de ne la revoir qu'après une semblable infamie. Je ne pus que baiser un pan de sa robe. Elle sembla m'accorder cette légère faveur avec joie, ce qui redoubla mon amour. Je lui demandai si elle me reverrait avec plaisir ? Elle me répondit qu'oui. Je lus dans ses yeux que son cœur était d'intelligence avec sa bouche. Je partis donc plus amoureux que je n'avais jamais été et je partis avec la douleur de savoir que l'aimable Zulime allait devenir la proie de lâches surborneurs. Est-il situation plus affligeante pour un homme qui aime ? C'était dans huit jours que cette jeune personne devait faire le redoutable voyage de la montagne. Déjà elle avait la robe blanche que l'on prend pour ce pélerinage et elle cultivait avec soin les fleurs dont elle devait être parée. Elle me les montra avec complaisance en nous conduisant hors du jardin. Je les regardai avec des yeux plein d'une rage, que l'amour changea bientôt en une tendre langueur ; quand je voulus pour la dernière fois les fixer sur Zulime. Je ne pus lui rien dire : ce fut là la première fois de ma vie que je sentis que les yeux avaient un langage. Que ne lui dirent point les miens.

En moins de deux heures, nous eûmes rejoints Aray, qui commençait à s'impatienter. Je m'aperçus de sa surprise à la vue de Théophie. Il la trouva charmante. Elle surpassait en beauté toutes les femmes que nous avions déjà achetées en Perse. La vivacité des regards de mon maître m'apprirent qu'il en était amoureux. Quoiqu'il lui fut assez ordinaire d'aimer d'abord toutes les esclaves qu'il achetait, je trouvais quelque chose de plus animé dans l'amitié qu'il témoignait à Théophie, qui y répondait de son côté, selon ses principes. Le marché avec Asor fut bientôt conclu et ce vieillard quitta sa fille, en lui recommandant d'être fidèle aux lois de Mahomet, interprêtées par Jatab ; qu'elle ne devait jamais perdre de vue l'éternité de volupté qui lui était promise. Après ces sages conseils, Asor embrassa sa fille et la quitta.

Aray ne fut pas plutôt maître de Théophie, qu'il voulut être seul avec elle. C'était sa coutume. Je me sus bon gré de m'être guéri des tendres sentiments que j'avais d'abord pris pour cette fille ; car je n'aurais pu la souffrir sans jalousie entre les bras d'un autre. Je ne puis comprendre pourquoi, seul de tous les turcs, j'ai cette délicatesse. Je juge qu'elle me vient de ma mère, qui m'a donné un cœur à la française.

Nous restâmes la nuit dans l'endroit où j'avais rejoint Aray, qui fit ce qu'il put pour ne pas la trouver longue. Je ne la passai pas si tranquillement que lui. Uniquement occupé de Zulime, je ne pouvais la bannir de mon esprit, ni de mon cœur; sans cesse elle se peignait à mes yeux avec de nouvelles grâces ; quelques fois je me levais tout furieux en jurant de brûler le temple de Jatab et ces indignes ministres ou d'enlever Zulime avant son infamie ; mais tout à coup la crainte de lui déplaire, me ramenait à des sentiments plus doux.

Courons la revoir, me disais-je, et convaincre cette belle et son père qu'on abuse de leur crédulité sous le voile sacré de la Religion. Je vis bientôt que je formais de vains projets et qu'il n'était pas si facile de détruire une coutume regardée comme sacrée depuis tant d'années par les habitants de ces déserts.

Depuis la perte de mon père, il ne me restait pour tout bien qu'un ami, qui s'était mis avec moi au service d'Aray. Etant d'un âge plus avancé que le mien, il m'aidait souvent de ses conseils. A peine le jour commençait-il que je fus trouvé Azaïm, c'est le nom de mon ami : surpris de me voir levé si matin, après le chemin que j'avais fait la veille, il me demanda avec empressement ce que je venais lui apprendre. Je lui parlai avec tant d'éloge de Zulime qu'il vit bien que je l'aimais. Où est cette fille, me dit-il, je vois que vous voudriez acheter cette esclave, et que vous n'êtes pas en état ; combien vous faut-il ? Je veux bien vous l'avancer. Quand nous serons à Constantinople, satisfait de votre Zulime, nous la revendrons, peut-être y gagnerons-nous encore, si elle est aussi belle que vous la vantez.

Qui, moi, vendre Zulime, repris-je avec horreur ! non, cher Azaïm, si je pouvais la posséder, je l'adorerais toute ma vie ; mais hélas ! elle n'est pas encore à vendre et mes feux seront sans doute éteints quand je pourrai l'acheter. Ces mots ne purent sortir de ma bouche sans être accompagnés de quelques soupirs, qui redoublèrent la curiosité de mon ami. Que voulez-vous donc de moi ? ajouta-t-il. Expliquez cette énigme. Je lui dis que Zulime était sœur de Théophie ; qu'elle la surpassait en beauté ; mais qu'élevée dans une religion bizarre, il fallait qu'elle se livrât aux ministres de Dieu de ce désert avant qu'elle pût être vendue. Eh bien, me dit Azaïm en souriant, nous l'achèterons après. Chaque pays a ses usages. Voulez-vous faire le faux prophète pour changer la religion de ces peuples ? Non, lui dis-je ; mais je veux enlever Zulime à ces monstres indignes d'un bien si précieux. Si tu es mon ami, cher Azaïm, poursuivis-je avec transport en le serrant entre mes bras, daigne me seconder. Aray a assez de monde avec lui : nous le rejoindrons sur nos frontières ; feignons avoir quelques affaires en cette contrée.

Un tendre ami ne peut rien refuser. Azaïm voulut bien m'accompagner ; nous partîmes, après avoir pris congé d'Aray, à qui nous promîmes de l'aller rejoindre sous peu. Mon dessein n'était pas de lui montrer ma proie. Je savais le sort de Théophie. Incertain si je serais assez heureux pour enlever Zulime et occupé de ce projet, je ne pensai point où je pourrais lui offrir un asile. L'amour raisonne-t-il ?

J'avais cru avoir assez bien retenu la route de l'habitation d'Asor. L'amour fait croire tout possible ; mais après avoir marché plus de trois heures, je ne reconnus plus en quel endroit j'étais, et nous nous trouvâmes exposés, sans guide, dans des déserts inhabités. Il ne nous était pas plus facile de retourner sur nos pas que d'avancer. Je ne voyais de tous côtés que rochers terribles, que précipices affreux ; mais tous différents de ceux que j'avais vu la veille. Aveugle sur le danger que nous courions au milieu de ces abîmes, je ne pensais qu'à ma chère Zulime ; je n'étais sensible qu'à sa seule perte, celle de ma vie me touchait peu. Comme la nuit commençait à tomber, nous cherchâmes un abri. Une taverne sombre où nous entrâmes en tremblant, nous servit de retraite, et quelques fruits sauvages que nous aperçumes aux environs, furent les seuls mets que nous pûmes trouver. Nous espérâmes que le lendemain quelques voyageurs nous remettraient dans notre route. Vain espoir ! Nous n'entendîmes, nous ne vîmes que nous ; nous n'osions avancer de crainte de nous éloigner encore davantage. Je demandais Zulime à haute voix à tout ce qui m'environnait ;

mais la nature muette en ces climats sauvages gardait un silence obstiné. Je ne trouvai pas même d'écho qui puisse me répéter un nom si doux. Combien de fois je l'aurais interrogé !

Pour comble de disgrâce, Azaïm, que la faim prenait et qui n'avait pas comme moi l'amour pour le soutenir, commençait à se plaindre et à me reprocher l'imprudence que j'avais eue de le conduire dans des lieux inhabités, sans en savoir les routes. Combien de fois ne déclama-t-il pas contre l'amour et les amants ! Loin d'apporter des remèdes à nos maux, ces serments ne servaient qu'à nous désespérer ; la nuit nous surprit encore dans l'affreuse incertitude du parti que nous devions prendre.

Une haute montagne que nous aperçumes le lendemain à trois farsanges environ de l'endroit où nous étions, nous fit prendre le parti d'y aller, espérant que de là nous pourrions découvrir quelque habitation. Arrivés sur cette montagne, nous vîmes à quelque distance sur la colline des arbres taillés et plantés avec un certain ordre, ce qui nous fit croire que ce lieu était habité. Il l'était en effet, à peine eûmes-nous fait quelques pas, que nous aperçûmes un homme, qui, en nous voyant, courut se renfermer dans sa cabane. Il nous prenait sans doute pour quelques brigands.

Je lui demandai avec politesse si nous étions bien éloignés de l'habitation d'Asor. A ce nom, il nous ouvrit et nous dit que c'était son père, qu'il demeurait sur la colline voisine ; et Zulime, lui dis-je avec empressement, est-elle allée à la montagne d'Alphea ? Voyant que je connaissais toute sa famille, il nous pria d'entrer et après nous avoir offert quelque rafraîchissement, il nous dit que ce n'était que dans quelques jours que sa sœur devait faire ce saint pélerinage. Il était temps de nous retrouver. J'appris à cet homme que nous étions les marchands d'esclaves qui avaient acheté sa sœur Théophie ; qu'elle était partie pour le sérail du grand Vizir. J'ajoutai que nous étions si charmés de cet achat, que nous revenions au désert dans l'espérance d'y trouver encore quelques jeunes filles aussi charmantes. Il nous en indiqua plusieurs. Comme il était presque nuit, il nous pria de demeurer chez lui jusqu'au lendemain matin, ce que nous acceptâmes avec plaisir.

A peine fut-il jour que nous nous rendîmes à l'habitation d'Asor, car j'avais une impatience extrême de revoir ma chère Zulime. Son père fut d'abord surpris de mon retour ; mais lui ayant allégué les mêmes raisons que j'avais dites la veille à son fils, il nous invita poliment à la fête qu'il devait donner dans quelques jours à l'occasion du voyage de sa fille au Temple de Jatab. Si vous voulez attendre, nous dit-il, sans courir le désert pour chercher de belles femmes vous en aurez ici un grand nombre qui doivent s'y rendre pour embellir cette fête. J'acceptai la proposition avec joie, moins curieux de voir cette fatale cérémonie, que charmé d'avoir par ce moyen, l'occasion d'entretenir Zulime et de pouvoir la désabuser, s'il était possible, ou l'enlever avant son déshonneur. Cette charmante fille me revit avec un plaisir qui éclata sur son visage. Je croyais vous avoir perdu pour toujours, me dit-elle. Ces mots furent accompagnés d'une certaine satisfaction, qui ne pouvait venir que de la joie secrète que ressentait son cœur en ma présence.

Cette douce réception me fut d'un favorable augure. Eh bien, lui dis-je, pour avoir occasion de la voir seule, vos fleurs, belle Zulime, sont-elles bientôt prêtes d'être cueillies ? Les avez-vous déjà visitées ce matin ? Pas encore, me répondit-elle, avec un air de simplicité et d'innocence, capable d'enflammer le cœur le moins sensible ; j'y allais, ajouta-t-elle, quand vous avez paru, et je ne sais pourquoi j'ai plutôt couru à vous qu'à mes fleurs. Que je ne les prive pas, lui dis-je, du bonheur d'être arrosées de votre main ; je vous accompagnerai. Eh bien, venez, reprit-elle, j'aurai le plaisir de vous voir tout ensemble. Je ne me fis pas prier ; elle céda aussi à son tour avec le même empressement, quand je la priai de me suivre sous un berceau de myrthe que j'aperçus près de là ; nous nous y assîmes sur des sièges pratiqués dans le roc, sur lesquels on avait appliqué de la mousse.

Je fus quelque temps à considérer Zulime sans pouvoir lui parler. J'avais tant de choses à lui dire que je ne savais par où commencer. C'était la première fois de ma vie que j'allais parler de religion à une femme : peu instruite de la mienne, comment l'engager à quitter la sienne ! mes regards embarrassés lui apprirent que j'avais quelque chose à lui communiquer et la douceur des siens me fit comprendre qu'elle devinait la cause de mon trouble. Que les hommes sont charmants ! me dit-elle naïvement. Je sens en leur présence un plaisir si vif que je ne puis l'exprimer ; qu'il me tarde d'avoir fait le voyage de la montagne d'Alphea ! Je les connaîtrai, après, encore mieux, dit-on. Demeurez ici, cher Dely, je vous en conjure ; je serai charmée de vous revoir à mon retour ; je vous donnerai à baiser ma main. Mais, quoi ? vous soupirez ! Ah ! ne la touchez pas, de grâces ; je ne puis vous la laisser prendre ; je ne suis pas encore digne de vous ; quand je serai purifiée...

Purifiée, lui dis-je ; est-il possible, belle Zulime, qu'on vous abuse si cruellement et que tant de charmes soient réservés à des scélérats dignes de tout le courroux céleste. Qu'entends-je, reprit la jeune persane, en frémissant d'horreur. Est-ce bien vous, Dély, poursuivit-elle, qui parlez ainsi des ministres de Jatab ? Ne craignez-vous pas que la foudre ne tombe sur votre tête ? Tremblez ! la terre va peut-être s'ouvrir sous vos pieds. Comment ces rochers que vous voyez s'élever dans les airs ne vous abîment-ils pas de leur chûte ? Je n'ose vous quitter ; tous ces malheurs vous arriveraient sans doute si je n'étais avec vous ; c'est en faveur de mon innocence que le Ciel vous épargne. Ma mère, mes sœurs et tant d'autres ont fait ce saint pèlerinage avant moi et en sont revenues plus convaincues que jamais de la sainteté de cette action. Pourquoi êtes-vous le seul qui la regardiez avec d'autres yeux ? Quel aveuglement ?

Quelle espérance de pouvoir désabuser une fille si persuadée de la sainteté de l'action qu'elle allait faire. Je ne pus que plaindre son erreur ; et mon amour qui prenait sans cesse de nouvelles forces dans ses yeux ! Je n'osais plus parler des ministres de Jatab, de crainte d'irriter Zulime contre moi et de la forcer à me fuir comme un profane.

Sa haine m'était trop redoutable. Quel parti prendre ? Je voyais bien que je devais m'attendre à tout son courroux, si je l'enlevais avant qu'elle eût satisfait à la loi et que ce serait le moyen de ne jamais mériter son amour. Réduit au désespoir et agité de la passion la plus violente, j'aurais voulu, en effet, être abimé de la foudre et que la terre se fut ouverte sous mes pieds. Quel tourment que de voir celle que l'on aime prête à passer avec joie entre les bras d'un autre, sans pouvoir lui en faire un crime, ni l'en empêcher.

Eh bien, allez, lui dis-je, allez, belle Zulime, prodiguez vos caresses à ces hommes divins ; qu'ils jouissent du bonheur de vous posséder, j'en mourrai de douleur ; n'espérez pas me revoir à votre retour.

Vous en mourrez, reprit cette belle ; quoi, je ne vous verrai plus ; le plus aimable de tous les mortels ; j'en mourrai aussi. Si ma vie vous est chère, lui dis-je, n'allez pas à la montagne. Vous m'aimez et vous courrez vous livrer avec joie à d'autres qu'à moi ! Je ne vous comprends pas reprit Zulime ; quel homme êtes-vous donc ? Après mon retour du temple d'Alphéa, achetez-moi, j'y consens et ne me revendez jamais ; vous verrez si je vous aime : oui, je souhaiterais être à vous toute ma vie, préférablement à tout autre ; mais il faut servir Dieu avant les hommes.

Je continuai à assurer Zulime, que si elle faisait son pèlerinage, elle ne devait plus penser à me revoir. Je lui avouai franchement que je ne pourrais plus l'aimer au sortir des mains des ministres de Jatab. Il faut donc vous oublier pour toujours, me dit-elle, en laissant tomber quelques larmes, et en plaignant ma fausse délicatesse. Pourquoi revenir vous offrir une seconde fois à mes yeux ? c'était assez de la première.

Et quand vous serez revenue, lui dis-je en gémissant, vous vous livrerez donc à moi avec joie ? En doutez-vous, Dély ? reprit-elle. Il me sera défendu de rejeter les vœux d'aucun homme : jugez si les vôtres seront écoutés.

Autre extrémité, religion bizarre, m'écriai-je ! je n'osai pas pousser mes emportements plus loin, de crainte d'offenser la crédule Zulime, qui malgré tout son amour, ne pouvait être à moi que quand elle serait au premier venu. La vivacité avec laquelle elle avait pris le parti des ministres de Jatab, me faisait connaître combien leurs lois lui étaient sacrées et je voyais avec douleur qu'elle porterait le scrupule jusque à se livrer à quiconque voudrait d'elle. Elle était de figure à allumer bien des feux. A combien de rivaux ne devais-je donc pas m'attendre si je persistais dans mon amour ? Et le moyen de m'en guérir ?

J'aimais avec trop de violence. Tout ce que je pus obtenir, ce fut qu'elle n'en verrait pas d'autres avant moi au sortir du temple. Elle me le jura à la face du Ciel. Elle pouvait faire ce serment.

Le père de Zulime, qui parut avec une gaieté qui éclatait en son visage, m'engagea à lui demander s'il venait d'apprendre quelqu'heureuse nouvelle. Oui, me dit-il, votre ami Azaïm daigne honorer mon épouse de sa présence. Ils sont maintenant ensemble. Notre loi m'ordonne de les laisser seuls.

Ce discours eut surpris un français jaloux et accoutumé à croire qu'il peut voir d'autres femmes, mais que son épouse ne peut voir d'autres hommes. Je me contentai de féliciter Asor sur l'honneur que lui faisait Azaïm ; car je savais que le prophète Jatab accordait de grandes récompenses aux maris commodes. C'est là le bonheur d'une famille. Il en est à peu près de même en France; une femme de ce caractère se fait des amis et des protecteurs à son époux. Il faut que quelque disciple de Jatab ait prêché à Paris. Je n'ai vu nulle part tant de maris de cette religion et de femmes jatabistes.

Asor me parla encore avec enthousiasme du bonheur dont allait jouir sa fille dans quelques jours. Oui, chère Zulime, lui dit-il en ma présence, grâce à mes soins et au grand Jatab, te voilà arrivée à l'âge où tu vas commencer à savoir pourquoi tu es née. Que je suis heureux d'avoir mis au monde des créatures capables de faire le bonheur des hommes, tu sauras dans peu la vivacité des plaisirs qui te sont promis après ta mort ; on ne peut trop faire pour les mériter. Zulime me regardait pendant tout ce discours et plaignait en silence mon aveuglement, en levant de temps en temps les yeux au Ciel, et les rabaissant sur moi. Chaque parole d'Asor était un coup de foudre pour moi. Elle m'apprenait qu'il serait impossible de jouir jamais seul de Zulime ; vingt fois je voulus l'abandonner : mais l'amour qui se riait de mes projets, me retenait toujours malgré moi. Je vis bien qu'il était inutile de tenter de désabuser Asor, qui plus âgé que sa fille, serait encore plus opiniâtre. Je fus donc réduit à me taire. Je les quittai pour rêver seul à ce que je devais faire. Le temps était proche ; déjà je voyais de toutes parts les préparatifs de cette fête mémorable qui devait m'être si funeste. Azaïm ne fut pas longtemps sans venir me rejoindre. Il me conta ses plaisirs. Je lui fis part de mes pensées. En vain voulut-il me résoudre à laisser partir Zulime, puisqu'il était impossible de faire autrement. Je ne pus me rendre à ces conseils. Dans l'entretien que j'avais eu avec le fils d'Asor, je m'étais informé du chemin de la montagne d'Alphéa et de la plupart des cérémonies qui s'y pratiquaient à la réception d'une jeune fille. Il m'avait aussi appris que les prêtres de Jatab recevaient parfaitement bien les étrangers. Je dis donc à Azaïm de m'y suivre pour examiner les lieux et voir s'il nous serait facile d'enlever Zulime.

Comme le jour était fort avancé, nous remîmes la partie au lendemain. Le soleil ne faisait que se lever quand nous partîmes ; au détour d'une petite colline je vis, avec étonnement, le plus beau pays du monde, que des rochers escarpés environnaient de tous côtés, comme si la nature les eût produits exprès pour cacher aux yeux des voyageurs un séjour si délicieux.

Au milieu d'une aimable plaine, s'élève une petite montagne en forme de théâtre, couverte d'un bois sacré ; c'est là qu'est le temple de Jatab, dont on ne voit que le faîte. Des fontaines, en tombant par cascades sur des lits de verdure, offrent aux yeux un spectacle charmant ; un ruisseau qui descend des rochers avec bruit, semble venir se reposer sur le sein de cette plaine, qu'il embrasse des deux côtés, en serpentant de temps en temps, comme si charmé de ces lieux, il regrettait d'en sortir ; aussi ne se précipite-t-il dans un souterrain qu'après avoir fait mille tours, et le fracas qu'il fait en se perdant semble marquer le chagrin qu'il a de se dérober sitôt à des lieux si beaux. Charmés de tous ces prodiges, que nous n'avions vus que de dessus la colline, nous nous présentâmes à la porte du monastère. On jeta un pont-levis et nous passâmes.

Mon étonnement redoubla à la vue de toutes les merveilles qui s'offraient à mes yeux de toutes parts. D'un côté, ma vue se perdait dans des allées d'une longueur immense ; de l'autre, elle était bornée agréablement par des berceaux, des statues, des jets d'eau, des jardins d'une beauté surprenante. L'on voit que ce n'est pas seulement en France que les moines, qui par leur état ont renoncé au monde, sont les mieux partagés des biens de la fortune. Il suffit de voir à Paris et dans les autres villes de France, un jardin vaste, une maison superbe, pour dire : voilà une abbaye ou un couvent.

Azaïm, aussi surpris que moi, me demanda si je n'avais pas envie de me faire ministre de Jatab. Différent des jeunes français, qui se laissent toucher par ces dehors trompeurs, je répondis à Azaïm que, s'il était assez charmé de ces lieux pour s'y ensevelir le reste de sa vie, il était le maître, que pour moi la liberté me paraissait préférable à toutes ces beautés. L'espèce de moine qui nous conduisait sourit de ma réponse, comme s'il eût voulu me dire qu'ils avaient d'autres plaisirs que celui de jouir de la vue de ces jardins. C'était un de ces hommes simples, tel qu'il y en a dans tous les couvents du monde, qui peu instruits des statuts fondamentaux de l'Ordre, croient aveuglément.

Alousi, c'était le nom de notre conducteur prenait bonnement ce qu'on lui donnait et allait d'aussi bonne foi au Parloir des Plaisirs, qu'au Temple de Jatab. Que j'aurais souhaité n'avoir à tirer Zulime que des mains de ce stupide ? Mais je sentis bien qu'elle était de figure à mériter les attentions des premiers de l'Ordre ; c'était là ce qui me désespérait.

Je dis tout bas à Azaïm de feindre toujours venir exprès se dévouer au culte de Jatab, pour voir si ce moyen ne pourrait pas nous conduire à quelque chose; car je ne voyais encore que de l'impossibilité dans mon entreprise. Je résolus de tirer tout le parti que je pourrais de la stupidité de notre conducteur. Je mettrais ainsi tout à profit. Le premier service qu'il nous rendit, fut de nous conduire partout et de nous expliquer avec autant de bêtise que de franchise, les saints usages de son couvent.

A peine eûmes-nous passé la seconde porte, que j'aperçus dans un petit bois de lauriers et d'orangers une troupe de jeunes filles qui jouaient ensemble ; c'était leur premier voyage au Temple. Le jour elles couraient seules dans les jardins et devaient se rendre le soir au lieu désigné, à moins qu'elles n'eussent des ordres particuliers pour la journée. Alousi nous dit que si nous voulions attendre deux jours, nous verrions la réception de Zulime, une des plus belles filles de ce désert. L'entretien commençait à devenir intéressant. Sur ce qu'Azaïm dit qu'il voulait sérieusement être moine, Alousi répondit que c'était sans doute le ciel qui l'envoyait, pour finir la dispute élevée entre les principaux chefs de la maison, qui voulaient tous deux posséder la belle Zulime. C'est partout que les moines ont peine à vivre en bonne intelligence. Ce sera donc vous, poursuivit ce bon vieux à Azaïm, qui posséderez un objet si charmant. Lui ! repris-je avec surprise. Lui-même, poursuivit Alousi : c'est un des statuts de l'Ordre, que la première fille qui se présente au monastère, est pour le novice nouvellement arrivé, étant juste qu'il commence par faire son noviciat. Azaïm ne put s'empêcher de rire de ma surprise, et continua de dire qu'il voulait absolument se faire recevoir ministre.

Elle fut mise sous un dais superbe,
et exposée aux regards de tous les ministres de Jatab.

Jamais vocation ne fut si prompte que celle qui me vint de me consacrer aussi à Jatab. Résolu de déserter le couvent dès le lendemain, je feignis être frappé d'un coup du ciel à la vue d'une statue du grand prophète. J'assurai Alousi que je voulais aussi être moine. Le bon vieillard cria miracle, en se prosternant avec moi devant la statue. Ce ne fut pas tout ; je voulais être reçu le premier, sans quoi mon projet devenait inutile. Mes craintes cessèrent quand j'eûs appris qu'on recevait d'abord les plus jeunes. Et moi, reprit Azaïm, quand ferais-je mon noviciat ? S'il ne se présente personne pour vous, poursuivit Alousi, vous aurez à choisir parmi celles qui se trouvent ici.

Nous nous fîmes conduire au Grand Maître des novices. Il serait trop long de raconter toutes les momeries qu'il nous fallut faire le lendemain en prenant un habit le plus ridicule du monde. Je tremblai en écoutant les menaces terribles qu'on nous fit de la part de Jatab. Nous serions brûlés vifs, nous dit-on, s'il nous prenait jamais fantaisie de quitter l'habit qu'on nous donnait. Je faillis le rendre ; mais faisant réflexion que c'était le seul moyen de posséder Zulime, je le mis en frémissant. Azaïm en fit de même, à mon exemple, toujours dans l'espérance que nous nous échapperions aisément. La témérité et l'imprudence furent de tous temps l'apanage des amants. Nous fûmes le soir souper au réfectoire.

Enfin ce jour, si longtemps attendu, arriva. Après une nuit dont mille songes charmants avaient pris plaisir de diminuer la longueur, qu'il tarda à mon impatience de voir l'aimable Zulime. Je savais qu'elle m'était destinée. Jamais je ne me levai avec tant d'empressement ; ma joie redoubla au bruit de différents instruments qui se firent entendre tout d'un coup. Je ne doutai plus que ce ne fût elle que l'on conduisait au Temple. Je me rendis dans l'avenue avec cette impatience si ordinaire aux tendres amants ; mon cœur vola au devant d'elle ; mes yeux semblaient la reconnaître de loin au milieu de la foule de jeunes personnes que je découvrais à peine ; je m'imaginais déjà distinguer aisément Zulime à certains traits charmants qui m'avaient frappés en elle. La voilà me disais-je ; mais que vis-je, grands dieux ! le dirais-je ? Tout ce pompeux cortège n'était que pour une vieille fille, courbée sous le poids des ans, qui marchait appuyée sur deux bâtons. Quoi que je ne crus pas qu'elle vint pour moi, je ne laissai pas que de reculer, saisi d'horreur à la vue de ce spectre, et je pensai mourir de douleur en apprenant d'Alousi, qui m'était venu joindre, que c'était un coup de politique et qu'un des deux principaux ministres qui se disputaient Zulime, ayant feint de céder généreusement à l'autre, avait secrètement fait avertir Sagonia de venir se présenter avant la fille d'Asor. Cette vieille, ajouta Alousi, est infirme depuis l'âge de dix ans et n'a pas encore pu venir satisfaire à la loi. On ne la pressait pas ; et probablement elle ne serait pas encore arrivée sitôt sans un ordre secret ; sur ces entrefaîtes, vous vous êtes présenté, comme l'ordre était donné ; elle s'est mise en route et c'est vous qui devez la purifier, mon frère.

Il est plus facile d'imaginer ma situation que de la décrire. La rage, le désespoir s'emparèrent de mon cœur ; et que deviendra donc Zulime, dis-je à Alousi ? Elle sera le partage de votre ami, me répartit-il, en me consolant du mieux qu'il put ; mais j'étais incapable de l'écouter. Sans lui répondre, je courus chercher Azaïm, à qui je contai ce que je venais d'apprendre. Au lieu de s'affliger de cette nouvelle accablante, il ne fit qu'en rire et essaya aussi de me consoler, en me disant que le Ciel voulait sans doute que ce fût lui qui eût la jouissance de Zulime, puisqu'il la lui offrait. Vous ne le céderez pas à votre ami, lui dis-je, après avoir tout fait pour lui ? Quoi ! généreux Azaïm, vous le laisseriez mourir de douleur ? Azaïm avait vu Zulime ; il fut insensible à tout ce que je pus lui dire et persista à me la refuser. Mes prières ne servirent qu'à me convaincre combien l'amour est supérieur à l'amitié.

A quoi m'aura donc servi me disais-je en moi-même, d'avoir exposé ma vie en prenant cet habit ? Ne serais-je venu de si loin à travers des rochers et des précipices affreux que pour jouir de la vieille Sagonia, moi qui ai dédaigné les faveurs de Théophie ?

Ces cruelles réflexions, loin de me soulager, ne faisaient qu'augmenter mes peines, qui redoublèrent à l'arrivée de Zulime. Dieu, qu'elle était aimable ! Sa tête était couronnée de ces mêmes fleurs que je lui avais vu cultiver ; une longue robe blanche, semée de roses et serrée d'une ceinture qui laissait voir sa taille majestueuse, descendait jusqu'à terre. Elle portait en ses mains une guirlande de fleurs ; une autre entrelacée avec ses cheveux, venait flotter sur son sein et son visage doux, gracieux, embellisait encore une parure si galante. A la vue de tant de charmes, je pensai mourir d'amour, si l'idée affreuse de savoir que Zulime n'était pas pour moi, ne m'eût fait mourir de douleur. Azaïm me fuyait, et charmé des grâces de Zulime, il abandonnait son ami à son désespoir.

On conduisit d'abord cette jeune persane au Temple avec une pompe magnifique. Je l'y suivis les larmes aux yeux. Elle fut mise sous un dais superbe, exposée aux regards de tous les ministres de Jatab. Un brasier ardent était devant cette belle ; tous se prosternèrent à ses pieds : quand ce fut mon tour, avec quelle ardeur n'y volais-je pas ! J'oubliai le Prophète, pour n'adorer que Zulime ; un long voile que je portais en qualité de novice l'empêcha de me reconnaître, et cachait les larmes que je laissais couler sans m'ôter le plaisir d'envisager cet objet adorable, ce voile étant d'une étoffe de Perse très fine ; on avait fait les mêmes cérémonies le matin à la réception de Sagonia.

Alousi vint m'arracher à un spectacle si doux et si triste tout ensemble, pour me conduire à l'endroit destiné à mon supplice ; et, bientôt je vis arriver Sagonia, qui put à peine se trainer sur un espèce de lit de repos, préparé par les Amours, pour des plaisirs plus doux que ceux que j'allais y goûter. Je me jettai aux genoux de cette vieille et la conjurai de me quitter de la cérémonie. En vain je lui remontrai que celà pouvait nuire à sa santé ; elle me dit pour toute réponse, que le grand Jatab le voulait ainsi et qu'elle se plaindrait de mon peu de soumission aux volontés supérieures de ce Prophète. Comme en me relevant des pieds de cette vieille, je m'appuyai sur son bras : Ah ! s'écria-t-elle, en poussant un grand cri, sachez, jeune étourdi, que j'ai un rhumatisme. Nouvel agrément, dont je ne m'étais par aperçu. Je n'étais moine que depuis deux jours ; je n'avais pas encore oublié les statuts de l'Ordre et qu'il était défendu sous peine de mort, de renvoyer aucune femme sans l'avoir purifiée. En vain je voulus me soustraire à cette loi cruelle et éviter le combat ; il fallut en venir aux mains et me disposer au travail. J'allais me mettre à ce pénible ouvrage, quand je vis venir Alousi, qui me cria de loin d'avoir patience. Rien ne me pressait, j'attendis, je courus même au devant de lui, voyant qu'il venait trop lentement. Sagonia, me dit-il, peut-elle encore passer entre les mains d'un autre ? Je lui dis qu'oui. Eh bien, qu'elle me suive reprit-il. Vous saurez qu'on vient d'assembler le chapitre ; celui qui a introduit ici cette vieille, vient d'être condamné à en jouir lui-même, pour avoir voulu la destiner à un de ses confrères. C'était bien me délivrer d'une scène assez embarrassante ; mais ce n'était pas encore me rendre heureux. Et Zulime, lui dis-je, où est-elle ? Elle est encore aux pieds des autels, reprit Alousi. Je ne puis vous l'amener que dans une heure. Nos bons Pères ont ordonné que tout reprendrait l'ordre naturel.

Jamais chapitre de moines ne juge si raisonnablement que quand la jalousie y préside. Je pus faire ce compliment à Sagonia, qui, en frémissant de colère, se cassa la dernière dent qui lui restait. Je l'aidai à se relever, et lui donnant sa béquille, le plus poliment qu'il me fut possible, je vis partir cette femme ridicule avec autant de joie que j'avais eu de chagrin à son arrivée.

Quel rapide passage se fit tout à coup dans mon cœur, de la peine la plus sensible au plaisir le plus vif ! quoi, me disais-je, je serais assez heureux pour jouir de Zulime ; elle ne passerait pas dans les bras du perfide Azaïm ! Ah ! Jatab, Jatab, je te reconnais pour le plus grand des prophètes, si tu me procures la jouissance de l'aimable objet que j'adore. Impatient de la voir soumise à mes tendres désirs, j'accusais sa lenteur ; je tremblais que quelque nouvel ordre ne me l'enlevât, ou que le chapitre divisé ne fût remis au lendemain comme c'est assez la coutume. Un amant passionné qui attend l'heureux moment, trouve les heures bien longues. Après avoir encore soupiré quelques temps inutilement, réduit au désespoir, j'allais me livrer à toute ma fureur, lorsque j'aperçus Zulime.

De quels termes me servir pour peindre l'état de mon cœur à cette vue, et quels transports furent les miens au moment que je vis cette belle s'approcher seule de nous ! Je la conduisis sur le lit de repos que venait de quitter Sagonia. Je laissai mon voile baissé, ne voulant pas me faire connaître, de crainte que Zulime me revoyant hors du monastère, quelque nouveau scrupule ne la prît ; car elle savait, sans doute, quel crime c'était pour les ministres du temple d'Alphea que de l'abandonner. Ce motif seul eût pu me faire haïr pour toujours de la crédule fille d'Asor. Je puis rendre témoignage de sa soumission à la loi de Jatab. Au nom de ce prophète j'obtins tout ce que je voulus. Quoi, disait cette belle de temps en temps, il a encore ordonné cela ? Il pensait à tout. Ah le grand législateur que voilà ! Ce n'est pas tout, poursuivis-je ; elle allait sans doute encore s'écrier : ah le bon prophète ! mais l'excès du plaisir qu'elle ressentit en ce moment lui coupa la parole ; elle demeura sans mouvement entre mes bras ; je profitai de ce doux moment pour lever un peu mon voile et coller ma bouche contre la sienne ; j'y pris de nouvelles forces, qui se communiquèrent bientôt à tout mon corps. Je les recevais de Zulime, il était juste de lui en faire l'hommage ; mon bonheur recommença, que le sien, je crois, n'avait pas fini. Ah ! cher Dély, s'écria-t-elle, ignorant que j'étais présent, que je serais heureuse si je puis vous revoir ! nous goûterons ensemble de pareils transports, car de plus doux, je n'en imagine pas. Qu'on m'avait bien dit que je ne connaîtrais les hommes qu'à mon retour du Temple ! Si ce sont-là les plaisirs dont on jouit sans cesse au Paradis de Mahomet, quel malheur plus grand que celui d'en être privé !

Avec quelle joie secrète n'entendis-je pas ce discours, auquel j'avais tant de part. Je fus vingt fois tenté de lever mon voile et de me jeter aux pieds de cette belle, mais la crainte de lui déplaire me retint ; peut-être aurait-elle eu la simplicité de s'imaginer qu'elle n'avait pas satisfait à la loi avec moi et se serait-elle crue obligée en conscience d'avoir recours à d'autres. Que n'a-t-on pas à redouter des esprits crédules ? Croire tout et ne rien croire, sont deux extrémités également à craindre. Je ne fis pas cette belle réflexion tandis que j'étais avec Zulime, ce n'était pas un temps de réflexion.

Il fallut quitter quelques moments cette aimable fille pour aller au réfectoire. Tous mes confrères me regardèrent avec des yeux d'envie, qui me firent craindre quelque nouvel orage ; mais heureusement que la querelle des deux principaux chefs occupait si fort la communauté, que chacun attentif à en voir l'issue, me laissait jouir tranquillement de Zulime.

Après qu'elle eut soupé avec ses compagnes dans un réfectoire séparé, car il règne un ordre infini dans ce couvent, on la conduisit dans ma petite tente. Quelle nuit délicieuse ? Je n'en passai jamais de si douce en ma vie. Le sommeil eut à peine le temps de nous faire payer le tribut que chaque mortel lui doit. Il nous reprit cependant dans ses bras au sortir de ceux de l'amour. Je me réveillai le premier, ne pouvant, pendant la nuit, faire usage d'un voile. J'avais condamné avec soin tous les jours, en sorte que je ne pus jouir le matin du plaisir de voir Zulime ; je n'eus que celui de lui prouver un doux réveil ; puis m'arrachant de ses bras à un certain signal dont on m'avait averti, je quittai cette belle pour aller au temple ; et les jeunes filles qui avaient été reçues les jours précédents, entrèrent pour assister au lever de Zulime, comme il était ordonné.

A peine fus-je sorti de ma tente, que je rencontrai Azaïm qui me félicita sur mon bonheur. Je voulus d'abord lui marquer quelque chagrin ; mais naturellement tendre et content d'avoir possédé Zulime, je ne pus oublier qu'Azaïm était mon ami. Il me parut de son côté, très satisfait de la nuit qu'il venait de passer et me dit en plaisantant, que l'ordinaire du couvent n'était pas mauvais. Les sept jours qui suivirent ne furent qu'une répétition du premier ; mêmes statuts, mêmes cérémonies, mêmes plaisirs ; jamais on ne fit tant de fois la même chose avec moins d'ennui.

Enfin, le huitième jour venu, Zulime se disposa à partir avec la même pompe qu'elle était arrivée ; mais au lieu d'un habit blanc, elle en portait un noir semé de fleurs, qui faisaient un effet admirable. Cette robe lugubre relevait la blancheur de son teint ; ses yeux avaient un peu perdu de leur vivacité ; ils paraissaient abattus et laissaient voir une tendre langueur qui me fit souhaiter inutilement que la fête eut duré un jour de plus. Cette belle partit donc.

A peine l'eus-je perdue de vue, que je commençai à craindre qu'elle ne se livrât à quelqu'un d'autre par principe de religion, et n'oubliât le serment qu'elle m'avait fait. Je connaissais par expérience son attachement à la loi de Jatab ; l'amour m'avait occupé jusque-là, et je n'avais pas encore réfléchi aux obstacles que j'aurais à surmonter pour sortir de ce monastère. Je n'eûs pas plus tôt fait réflexion, qu'ils me parurent insurmontables.

Je fus consulter Azaïm, qui devait être aussi embarrassé que moi ; mais quel fut mon étonnement de le trouver d'une gaieté parfaite ! Ma surprise redoubla quand il m'apprit qu'il se trouvait content de la vie qu'on menait à Alphea et qu'il n'en voulait plus sortir. Etre marchand d'esclaves, me dit-il, n'est pas un sort assez brillant pour que je ne lui préfère celui dont je jouis ici. Qu'ai-je besoin d'aller courir la Perse pour chercher de belles femmes qui ne sont pas pour moi, tandis que de charmantes viennent ici m'offrir leurs faveurs. Est-il un sérail à Constantinople mieux fourni que ce monastère ? Ces raisons étaient spécieuses et j'avoue que sans Zulime et ma mère, que je comptais revoir quelque jour en France, elles auraient fait impression sur mon esprit.

M'avez-vous donc suivi, lui dis-je, cher Azaïm, pour m'abandonner dans ce désert ? Voyez me répondit-il, ces rochers escarpés de tous côtés ; comment sortir de ces lieux ? Ces habits nous ferons reconnaître dans les environs, et le moyen de réavoir les nôtres ? Nouvel embarras auquel je n'avais pas pensé. A quoi pensent les amants. Je demeurai un moment sans pouvoir répondre à cette objection, mais enfin après avoir réfléchi un moment ; cher ami, lui dis-je, demeurez ici, j'y consens, je ne veux pas m'opposer à votre bonheur ;

mais aidez-moi à en sortir. Ces rochers sont affreux, il est vrai, l'amour me les fera surmonter; quant à cet habit je puis lui faire prendre une autre forme en le taillant à la façon des nôtres; l'étoffe en est à peu près semblable. Azaïm me promit tous les secours qu'il pourrait me donner.

Ce projet une fois formé, je brûlai de le mettre à exécution. Je vis avec douleur qu'il fallait attendre jusqu'à la nuit. Que cette journée me parut longue! Je l'employai à faire le tour de la petite montagne d'Alphea, pour examiner quel serait l'endroit le plus facile à escalader. Tous me parurent également escarpés et impraticables. De quel affreux désespoir mon cœur n'était-il pas déchiré. Je sentis cependant mon espérance renaître à la vue de quelques fentes qui se trouvaient dans un roc, un peu moins haut que les autres; cet endroit me parut d'autant plus commode qu'il était environné d'un petit bois très épais; j'espérai qu'en montant déjà fort haut, à la faveur des arbres, il me serait facile de parvenir à la cime du rocher, en mettant dans les fentes qui s'y trouvaient des branches d'arbres en forme d'échelons. Comme ce lieu était fort solitaire, je commençai à en planter déjà quelques unes et me retirai en attendant la nuit; après avoir instruit Azaïm de mon projet, je ne m'occupai plus que de Zulime et du bonheur de la revoir. Mais à peine fus-je dans ma tente, et avais-je commencé un habit turc d'une de mes robes, que trois moines vinrent m'arrêter et me conduire devant le grand Kar Ken. Quelle scène affreuse va s'ouvrir aux yeux de mes lecteurs ! Ce ministre redoutable m'apprit que le bois sacré que j'avais cru me couvrir, n'avait servi qu'à me perdre, en le cachant à mes yeux. Il s'y était retiré sans doute pour vaquer à quelque sainte expédition. Il est inutile de feindre, me dit-il d'une voix capable de faire trembler les plus intrépides ; je vous ai vu vous préparer à violer les serments sacrés que vous avez faits en ma présence au grand Jatab, en prenant cet habit. Vous savez le supplice destiné aux lâches fugitifs de ce temple. Ma robe, qui fut apportée taillée en pièces, servit à me convaincre encore davantage de la fuite que je méditais ; en vain je voulu m'obstiner à tout nier, j'avais trop de preuves convaincantes contre moi. Le danger était grand. J'avoue que pour cette fois la crainte l'emporta sur l'amour ; j'oubliai un moment Zulime pour réfléchir à mon triste sort. A mon âge on pouvait bien regretter la vie. A peine suis-je né, me disais-je, qu'il faut mourir de la mort la plus cruelle ; c'était bien la peine de naître !

Je n'eus pas le temps de faire beaucoup de ces sortes de réflexions ; on me conduisit sur le champ dans un souterrain affreux, plus propre à servir de séjour aux morts qu'aux vivants et bien capable d'éteindre les vives impressions que Zulime avait faites sur moi. Les moines portent tout à l'excès. Je ne devais être tiré de ce lieu terrible que pour être précipité dans les flammes : que l'on conçoive, si l'on peut, l'horreur d'une pareille situation. Que, si près de la mort, la vie nous paraît un présent du ciel bien funeste.

Ne voyant point arriver l'heure fatale de mon supplice, quelques faibles rayons d'espérance commencèrent à se présenter à mon esprit ; mais qu'ils se dissipaient bientôt, quand je réfléchissais que j'avais affaire à des moines ; c'est-à-dire, à des cœurs durs et sauvages. Pour Zulime, quand j'aurais encore espéré la revoir, contre toute espérance, je ne pouvais plus m'attendre à la retrouver sans qu'elle se fut livrée à aucun homme. J'avais été absent trop longtemps. Pendant un an que je demeurai dans cette prison affeuse, j'eûs le loisir de faire des réflexions de toute nature. Je me figurais bien que c'était Azaïm, qui par quelques ressorts secrets, reculait le jour de mon supplice. Il était naturellement intriguant, mais le moyen d'espérer qu'il put réussir, la loi me condamnait.

Voyant cependant qu'un si long espace de temps s'était écoulé, je ne m'opposais plus que faiblement à l'espérance qui cherchait à se glisser dans mon cœur et je commençais à moins gêner mon imagination. Le premier objet qu'elle peignit à mes yeux, fut Zulime sensible à mes feux. Je me rappelai avec joie le jour heureux que je reçus ses faveurs pour la première fois. C'est sur cette montagne, me disais-je, que j'ai éprouvé les plaisirs les plus sensibles et les peines les plus amères. Ah ! tendre Zulime, que vous me coûtez cher ; si je pouvais du moins vous revoir encore et vous conter ce que je souffre pour vous avoir aimée, je mourrai content.

J'étais occupé de ces idées charmantes, lorsqu'on vint un jour ouvrir la porte de ma prison ; celà me surprit. On me descendait, ordinairement, à manger par une espèce de lucarne, qui servait aussi à me faire entrevoir le jour. Etait-ce la fin de ma vie ou de mon esclavage que l'on venait m'annoncer ? Hélas ! c'était ma mort.

Il faut vous disposer à mourir, me dit sans pitié un de mes confrères, le bûcher est tout prêt. Quelle sentence ! mes cheveux qui avaient eu le temps de croître se hérissèrent sur ma tête ; mes sens se troublèrent ; tout mon corps trembla et frémit à l'approche de la destruction. Je sortis enfin du séjour des ombres pour y rentrer bientôt et revoir le soleil pour la première fois depuis un an, pour ne le plus revoir. Je fus conduit au bûcher qui était dressé autour de ma tente et qui devait consumer avec moi tout ce qui m'avait touché. On me jeta sur mon lit, car je n'eûs pas la force de m'y traîner. Le jour commençait et le feu ne devait être allumé qu'après le soleil couché, car il fallait demeurer un jour entier exposé aux yeux de tous les ministres de Jatab, pour que effrayés de mon exemple, ils soient retenus par la crainte des supplices.

Au milieu de ce triste appareil où tout m'annonçait ma ruine prochaine, j'aperçus Azaïm. Il s'approcha de moi et m'apprit, en fondant en larmes, qu'il avait fait tous les efforts pour reculer l'heure de mon trépas, qu'enfin il fallait céder à mon infortune et que le temps était arrivé qu'il allait perdre le plus tendre des amis. Je le remerciai de ses généreux soins et le priai de se souvenir de moi. Hélas ! me dit-il, croyez-vous, cher Dély, que je pourrai vous survivre ? Je mourrais avec vous ; nous n'aurons qu'un même bûcher et c'est de ma main que partira la flamme qui nous doit consumer. De votre main ? repris-je avec étonnement : oui, de ma main, poursuivit-il, c'est au dernier novice à mettre la flamme au bûcher. On m'a déjà donné le fatal flambeau. En vain j'ai réclamé les droits de l'humanité, en représentant que vous étiez le plus tendre de mes amis ; les indignes ministres de Jatab, sourds à ma voix, ont opposé à mes raisons les ordres suprêmes de leur infâme prophète.

A ces mots, nous nous précipitâmes dans les bras l'un de l'autre pour nous faire les derniers adieux et Azaïm me quitta en pleurant pour se préparer à ce triste ministère. Je demeurai dans l'abattement d'un homme qui n'attend que la mort. Je me voyais prêt à être consumé par les flammes, sur le même lit ou j'avais brûlé d'autres feux environ un an auparavant. Cette réflexion fut la dernière dont je fus capable. Je ne pouvais plus que lever mes faibles yeux au Ciel, pour lui demander de me faire expirer de douleur avant le moment destiné à mon supplice, c'était mourir trop de fois. Il était à peine midi.

Un bruit confus d'instruments que j'entendis tout d'un coup excita encore ma curiosité ; j'appris bientôt que c'était une jeune femme qui venait consacrer son fils premier né au culte des autels et que mon supplice serait remis au lendemain. Il était défendu de faire mourir personne un jour de fête. Reculer ma mort, c'était l'avancer. Je perdis toute connaissance et j'allais rendre le dernier soupir, quand Azaïm vint me dire que c'était Zulime qui venait offrir mon fils à Jatab. Fils malheureux, m'écriai-je, mère infortunée et encore plus malheureux père ! Pourquoi sommes-nous nés. Je viens de parler à Zulime, me dit Azaïm et de lui conter notre funeste histoire. Elle me suit fondant en larmes. Elle veut vous voir. La voici.

Quel spectacle pour un tendre amant ! Je rappelai en un moment toutes mes forces pour lui dire : venez, chère Zulime, venez recevoir les derniers soupirs du tendre et fidèle Dély ; c'est pour vous avoir aimée que je meurs content, puisque c'est entre vos bras que je rends la vie. Je voulus lever mes mains pour l'embrasser, elles retombèrent de faiblesse. Non, vous ne mourrez pas, me dit-elle, d'un ton ferme. J'ai une grâce à demander aujourd'hui à Jatab en faveur de l'offrande que je lui fais de mon fils ; c'est votre vie que je demande, on ne peut me la refuser ; je sais la loi, vivez, cher Dély, et m'aimez. Azaïm m'a tout dit. Venez voir votre fils aux pieds des autels, qui lève pour vous ses petites mains au ciel.

Recevoir en un même moment, et Zulime et la vie étaient des biens si grands, qu'ils surpassaient mes espérances. Je doutai quelques temps si je n'étais pas dans le transport ; mais je fus bientôt convaincu d'une vérité si consolante, les yeux de Zulime avaient ranimé les miens et sa bouche qu'elle porta sur mes lèvres, rappela mon âme fugitive. C'est donc vous, belle Zulime, lui dis-je, qui me rendez la vie ? Oui, c'est moi-même, repartit-elle, je ne vous ai pas oublié un seul moment, j'ai été fidèle au serment que je vous ai fait de ne point voir d'hommes avant vous au sortir du Temple d'Alphea. J'allai demander au grand Jatab, pour la grâce qu'on ne peut me refuser, de me laisser sortir d'ici sans avoir eu de commerce avec le grand Kar Ken ; mais racheter votre vie m'est un bien plus doux ! Je cours la demander et me faire relever de mon serment. Quelle scène nouvelle ! Non, lui dis-je dans le premier mouvement, laissez-moi mourir plutôt, chère Zulime et me demeurez fidèle.

Quoi, cher Dély, reprit-elle, vous voulez mourir ! y pensez-vous ? mourons donc tous les deux, qu'on mette le feu au bûcher. Elle voulait l'y mettre elle-même, mais Azaïm l'entraîna malgré moi et j'appris bientôt qu'elle avait obtenu ma grâce. Une vie qui me coûtait si cher, pouvait-elle m'être précieuse ? Je vis, sans en marquer de joie, qu'on éloignait de moi les préparatifs de ma mort et qu'on me rapportait mes premiers habits. Zulime reparut à mes yeux ; mais sans mon fils qu'elle portait entre ses bras, peut-être l'aurais-je fuie. J'embrassai ce cher fruit de toute ma tendresse et vis, avec douleur, qu'il fallait le laisser dans ce lieu infâme. Je le recommandai à Azaïm, qui, instruit par mon exemple, ne devait pas être tenté de sortir du monastère. Je fus délivré par un miracle. Mahomet n'en fait pas tous les jours. Je fus reconnu publiquement indigne de demeurer davantage au temple d'Alphea et reconduit hors de son enceinte avec la dernière infamie ; mais le plaisir que j'avais d'en sortir avec Zulime, me tenait lieu des plus grands honneurs.

Il est temps de tirer mes lecteurs de ce séjour d'horreur pour les transporter dans un lieu plus aimable. Je revis enfin l'habitation d'Asor, et cette cabane, si charmante à mes yeux, depuis que j'y avais vu Zulime. Mon goût pour cette fille n'était plus si vif à la vérité, mais je ne laissais pas de l'aimer encore et elle me fut bientôt aussi chère qu'auparavant. Pouvais-je la haïr d'un crime autorisé par sa religion, commis pour me rendre la vie ? Je tâchai donc à bannir cette idée de mon esprit, pour me livrer tout entier au plaisir qu'inspiraient les réjouissances champêtres qui se donnèrent au retour de cette Persane.

Que je jouis peu de temps de ce bonheur ! Un marchand Arménien, qui arriva pour acheter des femmes, me replongea dans le chagrin le plus amer. Parmi celles qui embellissaient cette fête, il en choisit plusieurs et Zulime fut la première sur qui il jeta les yeux. Il la mit d'un prix si haut, qu'il me fut impossible de couvrir son enchère. Je n'avais d'argent que ce qu'Azaïm m'avait donné en sortant du monastère. Je connaissais Zulime et j'aurais eu tout à espérer de son cœur, si elle eût pu disposer d'elle ; mais son père, de qui elle dépendait, était un de ces hommes intéressés à qui l'argent fait tout faire. Il fut sourd à mes prières et aux larmes de sa fille, lui disant, que puisqu'il fallait se séparer d'elle et la vendre il était juste de préférer celui qui lui en donnait davantage.

Quel coup de foudre pour moi ! Je suis né pour me trouver dans de semblables situations. Je ne sais si l'état dans lequel j'étais à la montagne d'Alphea, quand Zulime vint m'y rendre la vie, était plus déplorable que celui où je me trouvai alors. Seul et sans défense, au milieu de ses déserts, quel parti pouvais-je prendre ? quoi, me disais-je en moi-même, il y a donc des pères assez barbares pour sacrifier ainsi leurs enfants à un vil intérêt. J'avais eu peine à le croire jusqu'alors ; mais depuis mon voyage en France, j'ai de quoi m'en convaincre. Il n'est point de pays si fertile en père si dénaturés. Rien n'y est si commun que de les voir vendre leurs filles au plus offrant, en les arrachant malgré elles des bras d'un tendre amant. Que d'exemples j'ai vus de ce que j'avance pendant mon peu de séjour à Paris.

Il fallut donc cèder Zulime à l'Arménien, mais ce ne fut que pour la lui ravir plus aisément. Je ne cachai ma douleur que pour dérober à Asor la connaissance du projet que je méditais; c'était d'enlever secrètement la fille pendant la nuit suivante. Le soleil avait déjà fait plus de la moitié de sa course. Il n'y avait pas de temps à perdre. Je savais que si j'étais pris par ceux qui ne manqueraient pas de me poursuivre, il m'en coûterait la vie ; mais j'étais résolu de mourir plutôt que de céder Zulime. Je demandai qu'il me fût du moins permis de lui faire mes derniers adieux. Ce fut tout ce qn'Asor crut faire pour sa fille. On nous laissa libre un moment. Je le mis à profit.

A peine fûmes-nous seuls, que je demandai à Zulime si elle me quittait à regret ? En doutez-vous, reprit-elle, avec une tendresse qui m'assurait de sa sincérité. Eh bien, lui dis-je, si vous m'aimez suivez-moi. Quelle fut ma joie de lui entendre répondre qu'elle n'aurait pas de plus grand plaisir. L'amour est de tout les pays du monde. Ce dieu lui fit oublier pour cette fois qu'il lui était défendu de sortir de l'habitation d'Asor sans son aveu. La nature parlait sans doute autrement à son cœur et lui disait qu'un père en s'opposant au bonheur de sa fille perdait ses droits. La nature les lui donne, mais c'est à la tendresse et à l'amour à les lui conserver.

Cette belle me demanda, avec empressement, si je savais quelque moyen de la tirer des mains de l'Arménien. Je lui répondis que le seul qui lui pût réussir, était de profiter de la nuit pour venir me rejoindre à un endroit du désert que je lui indiquai ; que j'allais la quitter en apparence, comme si je ne devais jamais la revoir. Elle me promit avec joie de me suivre. Je la quittai en pleurant, ne voulant pas demeurer plus longtemps avec elle, de crainte de faire naître quelque soupçon dans l'esprit d'Asor à qui je fus dire adieu.

Je partis donc seul de ce désert, sans ami, sans maîtresse, incertain si j'aurais le bonheur de revoir jamais Zulime, car mille évènements, auxquels on ne s'attend pas, pouvaient me la ravir. N'étant plus soutenue par ma présence et

Est-ce vous, Dély, me dit-elle....
Fuyons, on nous poursuit.

encouragée par mes conseils, ne pouvait-elle pas changer de sentiment et partir le lendemain avec l'Arménien ? Et, si fidèle à sa promesse, elle s'échappait de la maison de son père, n'avais-je pas encore à craindre qu'on ne la poursuivit ? Et comment aurais-je pu la défendre. J'étais agité de toutes ces différentes réflexions quand j'arrivai à l'endroit désigné, d'où je découvrais aisément toute l'habitation d'Asor sans être vu de personne.

Quoi qu'il fut déjà tard, le reste du jour me sembla d'une longueur insupportable. Le soleil me paraissait immobile. En vain de hautes montagnes semblaient s'élever exprès pour le cacher plutôt. Il ne cessait point de m'éclairer de sa lumière importune. Un rocher bienfaisant me le cacha tout à coup ; mais j'eus encore la douleur de voir longtemps ses rayons mourants dorer la cime des montagnes opposées. Il disparut enfin et la nuit, si longtemps attendue répandit ses voiles sur ces déserts.

Un autre eût sans doute tremblé de se trouver ainsi seul au milieu du silence et des ombres. Un calme profond n'effraie pas moins qu'un bruit terrible. Pendant la nuit tout grossit à nos yeux. Nous croyons voir partout des hommes armés. Le vent agite-t-il une feuille ; on parle ou l'on marche, dit-on. Grâce à l'amour qui m'occupait tout entier, je ne tremblai que de la crainte de ne plus revoir Zulime. Elle ne paraissait point. Je craignis qu'elle ne se fut égarée, la nuit étant fort sombre ; mais j'eus assez de bonheur pour revoir ce cher objet de mon amour. J'entendis marcher ; je courus, c'était Zulime hors d'haleine. Est-ce vous, Dély, me dit-elle, en se jetant entre mes bras ? Fuyons ; on nous poursuit. La force lui manquait. Je ne pus que la transporter sous un rocher voisin, où j'avais préparé un lit de mousse pour la recevoir et l'y faire reposer quelques temps.

Le calme qui régnait me fit penser que la crainte d'être poursuivie, lui avait fait croire qu'on la poursuivait en effet. Je ne me trompais pas. Après avoir encore prêté l'oreille quelques temps, sans rien entendre, je remis Zulime de sa frayeur et nous nous éloignâmes à la faveur de la lune qui commençait à paraître. Elle était si belle et le temps devint si clair, que je craignis qu'il ne nous nuisit plus qu'il ne nous serait favorable.

Zulime connaissait les lieux. Elle me conduisit en moins de trois heures au bord d'un grand fleuve, nommé Koban, qui baigne le pied du Mont Caucase. Il faut, cher Dély me dit-elle, nous éloigner de ces déserts ; nous n'y serions en sureté ni l'un ni l'autre ; fuyons. Je crus que si nous pouvions traverser ce fleuve, nous n'aurions plus rien à craindre ; mais il faisait un bruit si terrible en roulant parmi les rochers, que j'imaginai la chose impossible. Nous ne laissâmes pas de le cotoyer, dans l'espérance de trouver quelque endroit plus tranquille et moins large. Las de marcher en vain, nous nous reposâmes, accablés de fatigue et le sommeil nous surprit.

Il était grand jour quand nous nous éveillâmes. Les premières paroles que je prononçai, furent des plaintes que j'adressai au Ciel, en réfléchissant à ce que nous allions devenir. C'est le défaut de tous les amants de ne jamais prévoir les suites funestes des premières démarches que leur passion leur fait faire. Où vous ai-je conduit, dis-je à Zulime, et quel triste sort vous ai-je procuré ! Vous étiez digne d'un plus heureux. Destinée par votre beauté à faire l'ornement du sérail de quelque riche Pacha, vous eussiez eu une foule d'esclaves empressés à vous servir, et en ce triste lieu nous ne trouverons pas seulement à nous servir nous-mêmes pour pourvoir aux nécessités de la vie.

C'est à tort que vous vous plaignez, me dit tendrement Zulime ; ce lieu me paraît le plus beau du monde, puisque je vous y vois, que je puis vous y servir et vous aimer. Accoutumé à vivre dans les villes, vous ignorez les ressources que nous avons dans ce désert. De quoi vivai-je à l'habitation de mon père ? de fruits, de légumes ; enfin de tout ce que la terre offre ici à mes yeux. Ce fleuve même n'a-t-il pas des poissons de toute espèce ? Mes mains sauront faire usage de tout. On est assez riche quand on possède ce qu'on aime.

De dire que Zulime me tint ce discours mot pour mot, c'est ce que je ne puis assurer. Je n'ai pas assez bonne mémoire. J'en rends le sens ; c'est tout ce qu'on peut exiger de l'historien le plus exact.

J'admirai qu'elle ressource c'est pour un homme qu'une femme élevée à la campagne et en comparant Zulime à toutes nos dames de Constantinople, qui par la superfluité de leurs ajustements et de leurs folles dépenses, sont capables de ruiner la fortune la mieux établie, je vis quel trésor j'avais acquis en m'attachant cette Persane.

Vous me rassurez, lui dis-je, belle Zulime, en trouvant des remèdes à mon imprudence ; contents de nous aimer, vivons donc en ces lieux inconnus à tout l'univers. J'y consens, trop heureux de vous posséder ; loin de vous, en votre présence je ne dois rien désirer; mais pour plus de sûreté, ajoutai-je, il faudrait mettre ce fleuve entre Asor et nous. Le Mont-Caucase, que nous découvrons de l'autre côté, nous offre une retraite sûre et tranquille; ces lieux me paraissent inhabités; le soleil ne s'y lèvera que pour nous; nous le verrons naître et mourir en nous donnant de nouvelles preuves de notre amour.

Marchons, me dit Zulime, je suis prête à vous suivre partout. Nous remontâmes le Koban encore pendant quatre jours. Plus nous avançions, plus son lit diminuait de largeur; enfin le trouvant qui coulait lentement parmi des roseaux, nous le traversâmes. Arrivés à l'autre bord, nous nous enfonçâmes dans les gorges du Caucase, et un petit bois charmant, arrosé d'une claire fontaine qui en sortait à travers des rochers, nous engagea à choisir ce lieu pour notre demeure.

Jusque là nous n'avions encore reçu de Dieu que l'amour. Zulime commença à se prosterner du côté de la montagne de Jatab et à prier le prophète de nous être favorable. Comme il n'y avait que moi d'homme en ce désert, il m'importait peu que Zulime fût Jatabiste ou tout à fait Mahométane. Je n'avais pas à craindre qu'elle abusât de la loi de Jatab, qui lui prescrivait de ne refuser ses faveurs à aucun homme.

Je me mis à bâtir une petite cabane, couverte de feuillages, à la façon du pays. Tandis que j'étais occupé à ce doux travail, quel plaisir n'avais-je pas de voir l'aimable Zulime préparer de son côté un repas frugal. Apprêté par des mains si chères que ces mets me semblaient délicieux ! J'eûs préféré à la table des rois le gazon sur lequel ils étaient servis et l'eau pure, qui nous désaltérait, au nectar des Dieux de la Fable.

Persuadé que ce désert était inhabité, je m'éloignais quelquefois de Zulime, pour jouir du plaisir de la revoir redoubler ses caresses à mon arrivée et me conter ses craintes. Je me cachais même souvent et sans la perdre de vue, je me plaisais à l'entendre m'appeler à haute voix par les noms les plus tendres. Je n'avais pas de joie plus parfaite que celle de me voir jeter à son col au moment qu'elle me croyait perdu et que ses larmes commençaient à paraître. Quelle satisfaction pour moi de les essuyer, après les avoir fait naître ! Elles m'étaient d'autant plus précieuses que l'amour qui les faisait couler, bientôt les essuyait.

Ce fut là le temps le plus beau de ma vie. Que n'eut-il duré toujours ! A peine un mois fut-il écoulé, que je retombai dans le plus grand des malheurs. Quel funeste revers ! quel changement affreux va succéder à une scène si charmante !

Un jour que je m'étais éloigné plus qu'à l'ordinaire pour connaître un peu le pays que nous habitions, quelle fut ma douleur de ne plus trouver Zulime à mon retour ! Je crus d'abord, qu'accoutumée à mes jeux, elle s'était aussi cachée quelque part, pour me donner le plaisir de la retrouver ; mais ce fut inutilement que je la cherchai et que je fis retentir ce désert de mes cris. Je n'entendis que ma voix, réfléchie par les échos, qui me renvoyaient le nom de Zulime, sans que nul endroit l'offrit à mes yeux et le soleil se coucha pour cette fois sans nous trouver réunis. Quelle nuit affreuse! Semblable à un furieux, je courus les bois, je franchis les rochers, les précipices. La crainte de mourir n'arrête pas les amants désespérés ; quelque génie bienfaisant les sauve sans doute de leur propre fureur.

Je tombai enfin accablé de fatigue, incertain du chemin que je devais prendre. Ma voix mourante allait répéter le nom de Zulime pour la dernière fois, lorsque l'éclat d'un grand feu qui vient frapper mes yeux tout d'un coup, me les fit porter attentivement sur l'endroit d'où il partait. Un amant se désespère d'un rien, et un rien lui rend l'espérance. Ce feu me fit croire que Zulime s'étant égarée en me cherchant, avait peut-être allumé ce feu pour me marquer l'endroit où elle était. J'oubliai un moment le chemin que j'avais fait pour en entreprendre encore un plus considérable. Je ne marchai pas, je volai, guidé par la flamme, sans que nul obstacle pût m'arrêter. De temps en temps, je prêtais l'oreille ; je croyais même entendre sa voix ; je lui répondais que je serais bientôt à elle. Que de tendres embrassements je lui préparais. Mais bientôt, au lieu de larmes de joie, ce furent des larmes de douleur qu'il me fallut répandre.

Le soleil était levé quand j'arrivai à l'endroit où j'avais aperçu le feu ; je ne vis que de la cendre et quelques os épars ; restes malheureux d'une personne qui avait été dévorée par la flamme. Il ne me fut plus permis de douter que ce désert ne fut habité par quelques Tartares et que Zulime était sans doute tombée entre leurs mains. Et était-ce ses membres déchirés que j'apercevais ? Comment me convaincre dans ce doute cruel, plus affreux mille fois que la mort ? En vain j'interrogeais cette cendre encore fumante et l'arrosais de mes pleurs, Que pouvait-elle me répondre ? Zulime, ma chère Zulime, m'écriai-je dans les transports de la douleur la plus amère, est-ce votre cendre infortunée que je foule aux pieds ? A quelques pas de là, j'aperçus sur le sable les traces de plusieurs personnes. Je m'étudiai à démêler si je ne reconnaîtrais point le pied de Zulime. Il était facile. Elle portait un petit soulier d'une forme singulière. A peine eus-je fait quatre pas, que je l'aperçus gravé sur le sable : à cette vue je reculai saisi d'horreur, en m'écriant : c'en est donc fait, je ne vous verrai plus !

A ces mots, je tombai sur un des espèces de bancs qui environnaient cette petite place, et laissai aller ma tête contre un des arbres qui la couvraient, sans penser que si Zulime avait été brûlée par ces Tartares, j'avais à craindre un sort semblable ; mais les amants raisonnent-ils ? J'étais incapable de la moindre réflexion.

Je ne sortis de cet assoupissement mortel qu'à la voix d'un respectable vieillard qui parut tout à coup devant moi. Sa présence m'effraya d'abord ; mais sa parole me rassura bientôt. Qui êtes-vous ? aimable étranger me dit-il. Quelle tempête a pu vous jeter sur ce rivage ? Qui que vous soyez, repartis-je, daignez m'apprendre si Zulime vit encore, et qui me l'a ravie. C'est elle que je cherche en ces lieux. Cessez de craindre pour ses jours, interrompit Hussein, c'est ainsi que le vieillard se nommait ; vous la reverrez, mais ce lieu n'est pas sûr pour vous ; suivez-moi, que j'entende le récit de vos malheurs et que je vous conte les miens. A ces mots, il me prit par la main et me conduisit dans une caverne voisine où j'entrai en tremblant. Est-ce ici, lui dis-je, que je dois revoir Zulime ? A votre impatience, reprit Hussein, je vois que cette fille vous est bien chère. Plus que ma vie, lui répondis-je. Eh bien, ajouta-t-il, qu'il vous suffise pour un moment de savoir que jamais elle ne fut moins en danger.

Je suis un Prince, issu du sang malheureux des Sophies de Perse. Cet aventurier Thamas-Koulikan qui occupe le trône de mes ancêtres, règne-t-il avec tranquillité sur ses nouveaux sujets? Est-il possible que tous les rois de la terre ne se soient pas réunis pour soutenir un Prince légitime contre un sujet rebelle ? Ils apprennent par leur silence, qu'un heureux téméraire n'ayant rien à hasarder, peut tout entreprendre. Contraint de fuir pour éviter le sort de Schah Thamas, je me suis retiré dans ces déserts inconnus.

J'appris à Hussein que Koulikan, solidement établi sur un trône usurpé, semblait n'y plus chanceler. Qu'il règne, me répondit cet infortuné Prince, en poussant un profond soupir ; puisque les dieux protègent de semblables rois, et que les rois intéressés à cette querelle n'en tirent pas vengeance ; j'aurais honte de régner.

Le trône est déshonoré. Les habitants de ces montagnes m'ont reçu parmi eux sans me connaître et ont conçu pour moi une telle vénération, que le chef de leur religion étant mort, ils m'ont forcé de prendre sa place. Ces peuples, poursuivit-il, adorent une Idole ridicule, à qui je fais rendre tous les oracles que je crois nécessaire pour leur tranquillité. Par cette voie je règne en ces lieux avec plus d'empire que si j'étais le roi, puisque l'espèce de souverain qui commande vient prendre l'ordre de l'Idole, qui ne parle que par ma voix. Je vois, grand Prince, lui dis-je, que vous êtes tout-puissant en ce désert et que vous pouvez me rendre Zulime ; mais vous ne m'en parlez pas, Seigneur. Avant que de vous instruire de son sort, ajouta Hussein, il faut que vous sachiez que les femmes du Mont-Caucase sont épouvantables et qu'elles ont la vanité de se croire charmantes ; aussi les hommes ont-ils rarement commerce avec elles ; et sans leur religion qui leur ordonne de les voir certains jours de l'année, ces montagnes manqueraient bientôt d'habitants. Il y a quelques temps que Kakoukan, chef de ces Tartares, vint se plaindre à la Divinité de ce désert, de ce qu'elle leur donnait des femmes si ridicules. Comme je ne sais ce que c'est que de désespérer personne, je lui répondis par la bouche de l'Idole, qu'une jeune beauté lui serait accordée quelque jour pour peupler avec lui ce désert de femmes adorables. Kakoukan qui trouva, hier en chassant, votre Zulime dans ces forêts, la prit pour cette aimable mortelle qui lui est promise par l'Oracle et la conduisit au Temple pour me la présenter.

Surpris par cette vue, autant qu'on peut l'être, et curieux de savoir de cette belle qui elle était, ne voulant pas la livrer à ce brutal sans la connaître, je répondis à Kakoukan, pour gagner du temps, qu'il fallait offrir un sacrifice solennel au Dieu protecteur de cette contrée ; en même temps un grand bûcher fut allumé et une biche blanche immolée. C'est donc là, lui dis-je avec étonnement, le sujet des flammes que j'aperçus cette nuit s'élever de cet endroit ? Oui, me dit Hussein. Après le sacrifice, poursuivit-il, je conduisis Zulime dans un endroit sacré du Temple où elle a passé seule le reste de la nuit, et Kakoukan l'est venue prendre ce matin en grande pompe pour la mener sur le bord de la Mer Noire, qui n'est pas éloignée et où il a de vastes jardins, pendant que l'on fait les préparatifs d'une fête sauvage qu'il lui veut donner aujourd'hui.

Et que vous a dit Zulime dans l'entretien que vous avez eu avec-elle, dis-je à Hussein ? Qu'elle fuyait de chez son père, me répondit-il, avec un Turc nommé Dély, pour qui elle avait conçu l'amour le plus tendre. Elle m'a conjuré de mettre tous mes soins à vous chercher. Je lui ai promis après l'avoir instruite du rôle qu'elle devait jouer devant les Tartares, en affectant une joie qui pût cacher sa douleur.

J'étais accoutumé depuis quelque temps à passer rapidement de la joie à la tristesse et de la tristesse à la joie. Elle n'est donc pas morte, m'écriai-je et ce n'est pas sur ses cendres que j'ai versé des pleurs? Dieu qui l'avez conservée, rendez-là moi fidèle. Je me jetai en même temps aux genoux de Hussein et le conjurai, les larmes aux yeux de sauver Zulime de l'amour de Kakoukan.

Il ne faut rien précipiter, me dit ce vieillard, avec bonté. Ne craignez point de violence ; les habitants de cette contrée conserveront pour votre Zulime un respect inviolable ; je leur ai ordonné. Il ajouta que résolu depuis longtemps de quitter entièrement la Perse, de crainte d'être enfin reconnu, il n'attendait que le moment favorable pour passer en Turquie, et qu'il serait charmé de nous y accompagner. J'ai, poursuivit-il, tout ce qu'il faut pour ce voyage, dont je suis uniquement occupé depuis un an. Quand la nuit sera venue, poursuivit-il, je vous conduirai dans un petit navire, dont Kakoukan se sert pour aller dans une île voisine. Comme cette mer est fort tranquille, il n'y a dans l'espèce de port que couvre ce petit bois sacré, que quelques barques de pêcheurs que nous coulerons à fond pour n'être pas poursuivi.

Prêt à mourir de douleur, un moment me rendit l'espérance de revoir Zulime et bientôt Constantinople avec elle. Grand Prince, dis-je à Husseein, en me jetant à ses genoux, fussiez-vous assis sur le Trône de vos pères, il ne serait pas en votre pouvoir de me faire un plus riche présent que celui que je vais recevoir de vous en ce désert. Zulime, que vous me rendez, est plus chère à mes yeux que tous les trésors que vous possédez ; mais ne pourrais-je la voir ? n'est-ce point une illusion ? Non, vous ne pouvez me tromper ; je vois briller en vous cette majesté sacrée que le Ciel grave sur le front de ceux qu'il fait naître pour nous commander. Pardonnez, Seigneur, un doute causé par un excès d'amour. Oui, le bien que j'attends de vous est si grand et surpasse si fort mes espérances, que j'ai peine à le croire, Quoi ! je reverrais Zulime !

Oui, vous la reverrez, poursuivit Hussein. Je vais vous mener dans un endroit, d'où, sans être vu, vous pourrez découvrir la fête qu'on va lui donner. A ces mots, il me conduisit dans une caverne sombre et fort profonde, fabriquée dans le roc, d'où l'on découvrait à travers un feuillage épais une petite plaine environnée d'arbres ; plusieurs hommes y étaient occupé aux préparatifs de la fête. Hussein m'apporta quelques nourritures et me quitta en me promettant de venir me rejoindre.

Après avoir attendu quelques temps avec toute l'impatience d'un amant, Zulime parut enfin à mes yeux ; Kakoukan la fit monter avec lui sur une espèce de trône champêtre, fait de branchages et de fleurs. Que j'aurais bien voulu entendre ce que ce Tartare lui dit et la réponse qu'elle lui fit. Je remarquais avec plaisir à travers la gaîté feinte de Zulime, une secrète mélancolie, qui me fit connaître combien elle était sensible à ma perte ; mais Hussein n'eût pas plutôt trouvé le moment de lui dire que j'étais témoin secret de cette fête, qu'elle ne pût modérer l'excès de sa joie. Elle en donna des marques si sensibles, que Kakoukan prit pour lui les transports qu'elle laissa éclater. De jeunes hommes formèrent des danses et firent divers tours de force et d'adresse devant eux. Zulime couronnait les vainqueurs.

En vain ses yeux cherchaient à me découvrir,

tandis qu'ils perçaient jusqu'à mon cœur ; ils ne pouvaient m'apercevoir malgré toute leur vivacité. Quel doux spectacle pour moi ! et que ma situation était différente de celle que j'avais éprouvee quelques heures auparavant, lorsque je pleurais Zulime devant le bûcher, que je croyais l'avoir consumée. Je voyais avec joie que c'était d'un autre feu que cette belle était embrasée. Que d'amoureux regards furent lui rendre compte de tout ce que j'avais souffert depuis que je l'avais perdue. Je lui contai mes peines, mes craintes, mes espérances, conçues et détruites en un moment, sans faire réflexion qu'elle ne pouvait m'entendre. Zulime me savait présent, j'étais satisfait. Je n'aurais pu la laisser dans la cruelle incertitude de ne savoir si elle me reverrait jamais ; je savais, par ma propre expérience, combien cet état était terrible. Je vous revois donc enfin, chère Zulime, lui disais-je tout bas, je vous revois fidèle ; il me sera bientôt permis de vous serrer entre mes bras. Les seuls amants peuvent s'imaginer la douce ivresse qni s'empare du cœur dans ces sortes de situation ; en effet quel moment plus charmant que celui qui présente à nos yeux la personne que nous aimons après l'avoir pleurée.

Le bruit de quelqu'un que j'entendis marcher assez près de moi, m'obligea de me retirer dans

KaKouKan la fit monter avec lui sur une espèce de trône champêtre, fait de branchages et de fleurs.

le fond de la caverne ; je reconnus bientôt que c'étaient des femmes de cette contrée, au portrait affreux qu'Hussein m'en avait fait. Il n'avait rien exagéré. Elles me firent frayeur ; leur teint est jaune, livide, et leurs yeux enfoncés sous un front d'une largeur énorme ; elles ont le nez, en récompense, d'une petitesse, qu'il paraît à peine au milieu des deux joues des plus renflées, entre lesquelles il est comme enseveli ; pour le menton, elles l'ont extraordinairement pointu et fort près de leur bouche, qu'elles ont d'une largeur démesurée. Quel portrait ! Que Zulime devait paraître belle à Kakoukan ! Elle, dont les yeux vifs et tendres tout ensemble, sont couronnés du plus beau front du monde, sur lequel les jeux et les ris paraissent avoir établi leur cour. Quelle fut la surprise de ce barbare à la vue d'une femme si aimable, dont la blancheur dût l'éblouir.

Je n'eûs pas le temps de penser à ce que j'avais à craindre d'un semblable rival. A peine eûs-je aperçu les femmes de cette contrée, qu'elles me plongèrent dans bien d'autres craintes. Voyons, dit à sa compagne, la première que j'entendis parler, voyons si cette beauté dédaigneuse a toutes les grâces que nos maris lui trouvent (elles étaient deux) ; s'étant placées dans l'endroit que je venais de quitter, ellés commencèrent par critiquer

Zulime. Qu'a-t-elle donc de si charmant pour nous être préférée, disait l'une? Rien du tout, répondit l'autre ; nous la valons bien. C'est sans doute cet air étranger qui charme nos époux. Vengeons-nous du mépris qu'ils font de nos charmes et de l'injuste préférence qu'ils lui donnent sur nous. Il doit naître d'elle, dit-on, des femmes qui lui ressembleront pour peupler ces montagnes. Souffrirons-nous cette affront ? Faisons mourir cette nuit cette étrangère.

Quel horrible projet et quelle situation plus horrible encore pour un amant qui l'écoute ! Triste jouet du caprice du sort ; je n'étais pas au bout de mes malheurs. Je devais encore vous donner bien des pleurs, chère Zulime. Pourquoi étais-je sans armes? Au péril de ma vie, j'aurais immolé à ma vengeance ces deux cruelles victimes. Si je ne suivis pas le premier mouvement de la fureur qui me transportait, ce fut dans l'espérance de pouvoir m'opposer plus aisément au dessein barbare de ces furies en écoutant leur complot. L'une voulait précipiter Zulime dans la mer ; l'autre mettre le feu à l'endroit où elle passerait la nuit, fusse dans le Temple. même de l'Idole. Ce dernier sentiment prévalut ; de quoi une femme jalouse et cruelle n'est-elle pas capable ? La religion est un faible obstacle pour servir de frein à la rage.

Je ne pus entendre sans frémir ces redoutables mégères. Si elles ne fussent pas sorties, j'allais paraître et par un coup d'imprudence, perdre peut-être, et ma vie et celle de Zulime. A peine eurent-elles disparu, que je me remis à leur place pour revoir l'innocente victime de leur jalouse fureur. Elle ignorait les nouveaux malheurs qui nous menaçaient.

Je la trouvai toujours transportée de cette joie que Hussein lui avait rendue, en lui apprenant que j'étais retrouvé. Pour moi, que je la revis avec des yeux bien différents, et qu'un moment avait apporté de changement dans mon cœur ! Faut-il échouer si près du port, m'écriai-je ! Encore quelques heures et Zulime était entre mes bras ; mais non, le Ciel impitoyable ne m'a pas fait pour jouir d'un bonheur si doux.

Un amant ne perd pas tout à coup l'espérance. Ces tristes réflexions étaient de temps en temps suivies de plus consolantes. Non, le Ciel, me disais-je, n'est pas injuste. Que lui ai-je fait pour m'accabler de tant de maux ? Il ne veut pas que Zulime périsse. Il n'a sans doute conduit ici ces femmes barbares, que pour me donner connaissance de leur détestable complot, afin de pouvoir le rendre inutile. Ce n'étaient-là que des espérances et l'arrêt de mort était réellement prononcé. Avec quelle impatience ne désirais-je pas revoir Hussein, pour prendre ensemble des mesures capables de prévenir l'effet des menaces de ces emportées.

Zulime disparut avec Kakoukan et me laissa seul plongé dans la tristesse la plus profonde. J'allais expirer de douleur, si Hussein ne fut venu à mon secours.

Qu'avez-vous donc, me dit-il ? D'où peut venir cette langueur qui vous accable, si près de revoir votre Zulime ? Hélas ! lui répondis-je en soupirant, nous ne fûmes pent-être jamais si loin du port. Il nous reste encore une furieuse tempête à essuyer. Les femmes de cette contrée ont juré la perte de Zulime. Elles doivent l'ensevelir cette nuit sous les ruines du Temple, si nous ne la sauvons à temps de leur fureur. J'appris tout de suite à Hussein comment j'avais découvert cette horrible conspiration. L'étonnement que lui causa cette nouvelle lui fit garder quelques temps un profond silence en levant les yeux vers le Ciel ; enfin, après un moment de réflexion : cher Dély, me dit-il, il ne faut désespérer de rien ; je répandrai partout que Zulime passe la nuit dans le Temple. En vain l'impatient Kakoukan veut, dit-on, la retenir et se livrer à toute la passion qu'il a conçue pour elle. Je ferai parler l'Idole. Je saurai, par cette voie, rendre inutiles les fureurs de l'amour et de la jalousie. Quand le soleil sera couché, je conduirai la jeune Persane dans ce petit bois sacré, dont l'entrée n'est permise qu'à moi seul. Il couvre le rivage sur lequel nous nous embarquerons ; ne manquez pas de vous y rendre à la faveur des premières ombres de la nuit ; que ces furieuses brûlent après, et leur Temple et leur Dieu, elles cacheront par là notre fuite, et Kakoukan me croyant devenu la proie des flammes avec la belle Étrangère, nous plaindra au lieu de nous poursuivre. Oui, cher Dély, c'est le Ciel qui leur inspire ce dessein pour favoriser le nôtre.

A ces mots Hussein me quitta pour aller préparer le dénouement de cette tragédie. Il se flattait qu'en faisant parler l'Idole, il retirerait encore Zulime des mains de Kakoukan. Je me défiais de sa puissance. C'était contre un amour violent qu'il avait à combattre, et je ne sentais que trop, qu'un amant, dans ses transports, ne reconnait de Dieu que l'objet aimé, n'envisage de bien que sa jouissance, et n'a d'autres craintes que celles d'en être privé. J'en jugeais par moi-même ; non les Oracles du monde ne m'eussent pu faire abandonner Zulime. C'était là mon Idole. Le peu d'espérance qui me restait, n'était fondé que sur la forte crédulité de ces peuples. Par mille exemples de son autorité suprême, Hussein, avait ranimé mon espérance. Oui, j'espérais revoir Zulime : l'amour me conduisit bientôt jusqu'à n'en plus douter ; mais ce même amour détruisait souvent mes espérances, en combattant lui-même les raisons qu'il m'alléguait.

Pendant tout le temps que je demeurai seul, la crainte et l'espérance furent les deux mouvements qui partagèrent mon cœur. Il s'arrêta enfin au dernier comme au plus conforme à ses désirs ; et la nuit commençant à tomber, mon impatience m'emporta bientôt vers le petit bois qui devait offrir Zulime à mes yeux. Il y avait deux jours que je ne l'avais vue. Que j'avais de choses à lui dire ! Que je lui préparais de tendres caresses !

Comme je quittais la caverne, j'aperçus une multitude de femmes qui y venaient tenir conseil. Que de grâces n'eus-je pas à rendre au Ciel de m'en avoir fait sortir ! J'aurais sans doute péri impitoyablement par les mains de ces furies. Je me cachai pour les laisser passer ; mais à peine eus-je fait quelques pas du côté d'où elles venaient, que j'aperçus Hussein sans vie, étendu sur le sable. Je frémis à cette vue et reculai saisi d'horreur, en m'écriant : Ah Ciel ! voilà donc la fin de toutes mes espérances, Zulime est sans doute demeurée entre les mains de Kakoukan.

Qui l'en délivrera maintenant ? Ah ! Hussein, c'est pour m'avoir voulu conserver ce que j'aime que ces femmes cruelles viennent de vous faire périr. Prince infortuné, Dély ne vous survivra guère. Zulime, ma chère Zulime, faut-il donc que je meure sans pouvoir vous faire mes derniers adieux ? Kakoukan triomphe. Au sortir des bras de ce rival barbare, vous serez exposée à toute la rage des furies de ce désert. Les flammes dévoreront ces traits divins, ces grâces adorables, dignes de l'hommage et du culte de tous les mortels ; et moi, je vivrais, chère Zulime, pour voir s'élever ces feux criminels. Mes yeux pourraient-ils soutenir un semblable spectacle ? Périssons, puisqu'il ne me reste plus d'espérance de vous revoir. Malheureuse contrée, désert affreux, c'est vous qui me la ravissez : encore si vous faisiez son bonheur, si elle régnait en ces lieux, tout sauvages qu'ils sont, je mourrai content. Mais hélas ! sa cendre infortunée couvrira vos campagnes et deviendra le jouet des vents. Mourons ; courons m'ensevelir dans le sein de la mer qui devait la porter. C'est trop vivre, puisque je ne vis plus pour Zulime.

L'espérance de mourir bientôt me soutint et me donna la force de gagner le rivage. A peine l'eus-je aperçu, que m'applaudissant de l'avoir trouvé, je redoublai mes pas. Toutes mes plaies se rouvrirent à la vue du navire destiné à nous passer en Turquie. Je ne pus retenir mes larmes; mais la douleur m'étouffa la voix. Résolu de m'embarquer et de m'exposer seul à toute la fureur des ondes que je conjurais de m'ensevelir, j'arrachai le câble qui tenait le vaisseau attaché et furieux, je m'y précipitai. Où tombai-je ? Entre les bras de Zulime, que Hussein y avait conduite. Quel moment ! Vous voici donc, enfin, cher Dély, me dit-elle, en me serrant contre son sein; qu'avez vous fait de ce respectable vieillard qui nous a réunis ?

Je demeurai un moment immobile et sans voix. Je ne pouvais concevoir l'excès de mon bonheur. Quoi ! le sort, m'écriai-je enfin, se plaît donc à se faire un jouet de mon cœur, en le rendant le théâtre de tant de sentiments différents ? Ah, Zulime, concevez tout l'excès de mon amour, puisqu'au moment que je vous vois, j'oublie tout ce que j'ai souffert. Que de larmes vous me coûtez ! Si vous m'en voyez encore répandre; je le dois à Hussein. Ce généreux Prince n'est plus. Je viens de voir expirer avec lui le reste précieux du sang de vos Rois. Quoi ! Hussein est mort ? s'écria Zulime. Il ne m'a quittée un moment que pour courir vous chercher et hâter le moment qui devait nous réunir. Hélas poursuivis-je avec douleur, les femmes cruelles qui avaient conjuré votre perte, viennent de le faire mourir presqu'à mes yeux. Je n'eûs pas la force d'en dire davantage. Nous le pleurâmes. Nous n'avions que des larmes à lui donner.

Outre que Hussein avait abondamment fourni le navire de toutes sortes de provisions de bouche, il y avait encore mis des armes et une boîte pleine de pierreries d'un prix inestimable. C'était tout ce qui lui restait des biens immenses qu'il avait possédés en Perse.

Le vent enflait nos voiles, et ne pouvait nous être plus favorable. Je faisais la fonction de pilote et d'amant. Nous vîmes bientôt s'élever les flammes qui consumèrent le Temple de Jatab ; et Zulime jouit tranquillement d'un spectacle dont elle devait être la triste victime. C'est ainsi que le Maître de l'Univers se rit des vains projets des mortels et se sert de leurs mains pour détruire leurs ouvrages profanes. Il semblait que le Ciel, après nous avoir tant persécutés, prenait soin de conduire lui-même notre navire à Constantinople.

Nous avions tant de choses à nous dire, que nous ne sûmes d'abord par où commencer ; enfin après avoir raconté à Zulime tout ce que j'avais souffert depuis que le sort nous avait séparés, je la priai de me dire comment j'avais pu la perdre ? Hélas, me dit-elle, il m'en souvient encore avec douleur. Le jour que vous vous éloignâtes de moi pour reconnaître le pays que nous habitions, je quittai imprudemment notre cabane pour vous suivre, en sorte qu'il me fut impossible de la retrouver ; plus j'avançais, plus je m'en éloignais. Après avoir marché inutilement pendant plusieurs heures et vous avoir appellé à haute voix en pleurant, j'allais tomber, accablée de fatigue, lorque j'aperçus un homme, que je crus d'abord êtes vous. Je volai ; mais je ne vis qu'un Tartare qui, se jetant à mes genoux, les embrassa avec respect, en me conjurant de le suivre, c'était Kakoukan. En vain je voulus fuir ; bientôt une troupe d'esclaves m'environna et je ne fus plus maîtresse de retourner sur mes pas. On me conduisit au Temple où Hussein me retint, après le sacrifice qu'il offrit à l'Idole et dont il vous a sans doute parlé.

Je demandai à Zulime si Kakoukan ne lui avait fait aucune violence. Elle me dit que non ; mais que ne pouvant rien refuser aux hommes sans déplaire au grand Jatab, si Hussein fût venu la chercher un peu plus tard Kokoukan aurait eu lieu d'être satisfait. Elle finit par le plaindre et moi par la plaindre elle-même de sa crédulité sans cesser de l'aimer; mais dans les dispositions où elle était, je pris le parti de ne la laisser voir à personne pour ma tranquillité.

Enfin, après huit jours de la navigation la plus heureuse, nous entrâmes dans le port de Constantinople. J'y trouvai des marchands de toutes les nations du monde, à qui je vendis une partie des pierreries de Hussein, qui me rapportèrent une somme fort considérable, de sorte que je me vis en état de faire à Zulime un sort des plus heureux. Les amis de mon père, qui m'avaient abandonné, me voyant dans un état florissant, me reçurent avec joie. Il en est de même à Constantinople qu'à Paris ; ce ne sont pas les personnes qu'on aime, c'est leur fortune. Le bien tient lieu de tout.

J'achetai d'abord une maison de campagne à Seguian où je conduisis Zulime. Je lui donnai des esclaves pour la servir. Comme Asor, son père était en droit de me la faire rendre, s'il découvrait notre retraite, mon premier soin fut de lui envoyer la somme que le marchand Arménien lui avait offerte de sa fille, avec un présent qui se montait presque aussi haut, pour appaiser cet homme intéressé. Peut-on trop payer la possession de ce qu'on aime ?

Comme on parlait d'envoyer bientôt un

Ambassadeur en France ; je me rendis à la Ville, pour m'informer si ce bruit se confirmait. J'appris avec plaisir que l'Ambassade était résolue. Ma joie redoubla quand je sus que c'était Saïd Effendi, Beglerbeg de Romélie, qui en était chargé. C'était un des plus grands amis de mon père. Ils avaient fait ensemble le voyage de France vingt ans auparavant avec Effendi Testerdar, père de Saïd. Je fus faire mon compliment au nouvel Ambassadeur et le prier de me mettre du voyage. Il me reçut avec politesse et parut être aussi charmé que moi du dessein que j'avais pris de l'accompagner, m'assurant qu'il me servirait de père en toute occasion.

Sans avoir jamais vu ma mère, j'avais conçu pour elle l'amitié la plus tendre en lisant ses lettres. Je n'avais garde de laisser échapper l'occasion de l'aller trouver. Tout plein de ce projet, je retournai chez moi.

Comme en passant sur la place, j'aperçus beaucoup de monde ensemble, je m'informai de ce que ce pouvait être. C'est, me dit-on, une esclave d'une beauté surprenante que l'on expose en vente. Je m'avançai et je reconnus Théophie. Un eunuque, que je savais être à Safar, fils de la cruelle Béma, marchandait cette belle personne. Persuadé que Zulime serait charmée d'avoir sa sœur pour compagne et ne voulant pas voir passer cette aimable fille dans le sérail de Safar; je mis Théophie à un prix si haut que je l'obtins sur le champ du marchand à qui Azay l'avait déjà vendue. Cette belle me reconnut avec joie. Elle ne me demanda pas des nouvelles de Zulime, ni de son père, ignorant que j'étais retourné à l'habitation d'Asor. Je ne lui en parlai pas non plus, voulant lui donner le plaisir de la surprise, en offrant Zulime à ses yeux au moment qu'elle s'y attendrait le moins. Je la conduisis d'abord à l'appartement que j'avais à Constantinople. Nous n'y fûmes pas plutôt, qu'elle m'apprit qu'Azay avait été fort inquiet de moi et d'Azaïm et qu'il nous croyait péris.

Par quel heureux sort, me dit Théophie, suis-je tombée entre vos mains ? Mais, hélas ! ce n'est pas sans doute pour longtemps, ajouta-t-elle ; vous allez me revendre aussi. Je lui appris que j'étais en état de la garder. Elle me parut si satisfaite, qu'elle sauta à mon cou, en me disant qu'elle se croirait la plus heureuse de toutes les femmes si elle passait sa vie avec moi.

Il est difficile à un Turc, aussi tendre que je le suis, de ne pas ressentir de secrets mouvements à la vue d'une personne aimable. Un jeune homme de vingt ans, en tous les pays du monde, quelqu'attache qu'il ait ailleurs, ne refuse guère les faveurs d'une jeune beauté, dont il peut disposer. Il n'y a que les héros de romans qui soient au-dessus de ces sortes de faiblesses. Théophie me parut encore plus belle que quand je la vis pour la première fois ; et j'étais un peu moins délicat, depuis que Zulime elle même avait été livrée aux ministres de Jatab pour me racheter la vie, ou plutôt j'étais plus amoureux. Je regardai donc ma nouvelle esclave avec complaisance. J'oubliai qu'Asay et peut-être bien d'autres avant et après lui, avaient joui de Théophie, pour ne penser qu'au pouvoir que j'avais d'en jouir moi-même.

Après tout, me disais-je, Zulime n'est pas jalouse ; je sais qu'elle aime à me voir heureux ; que lui importe qu'elle ou une autre fasse mon bonheur ? A ces sentiments un peu Turcs, en succédaient de temps en temps de plus généreux. Je voulais quelquefois demeurer fidèle ; mais l'en aimerai-je moins, me disais-je, pour me livrer une fois à Théophie ? Après bien des sentiments de cette nature, incertain de ce que je ferai, je pris le parti de ne pas retourner ce jour-là à Séguian. N'était-ce pas me résoudre à tout ? Je passai de l'amitié à l'amour.

J'oubliai Zulime pendant quelques temps pour

ne penser qu'à ma nouvelle esclave. Nous soupâmes ensemble ; et le dirais-je, nous passâmes la nuit comme nous avions soupé ; car mes belles réflexions m'abandonnèrent bientôt et je fus infidèle avant que d'avoir trouvé le moment de combattre mon amour. Naturellement tendre, pouvais-je m'empêcher d'aimer une femme qui avait des bontés pour moi ? Mais Zulime fut toujours la plus chère à mes yeux.

A peine fut-il jour, que je partis pour ma campagne avec Théophie. Chemin faisant, je fis tomber la conversation sur l'habitation d'Asor; et Zulime, dis-je enfin, car c'était là où j'en voulais venir, l'aimez-vous toujours, Théophie. Ah ! reprit cette belle en soupirant, élevée dès l'enfance avec elle, pourrais-je ne pas l'aimer ? Seigneur, notre sort n'est-il pas bien à plaindre. Hélas ! peut-être ne nous reverrons-nous jamais. Tandis que je suis à Constantinople, que sais-je si elle n'est point à Ispahan. Quels pays immenses nous séparent. Plus la douleur de cette Persane augmentait, plus nous approchions de Séguian, Je préparais ainsi la scène charmante dont j'allais être le spectateur. Je me plus à l'attendrir jusqu'aux larmes, pour augmenter l'excès de sa joie à la vue de sa sœur que j'allais lui offrir.

Nous n'eûmes pas plutôt mis pied à terre, qu'ayant

conduit Théophie dans un appartement, je volai à celui de Zulime ; mais elle était déjà accourue pour me recevoir par un escalier dérobé ; en sorte que retournant sur mes pas, je l'aperçus qui traversait en courant l'appartement où était sa sœur. Elle passait si rapidement, qu'elle ne l'aperçut pas ; mais l'aimable Théophie qui la reconnut, sauta à son cou avant que de lui donner le temps de savoir qui l'embrassait. Quelle heureuse rencontre ! quelle douce situation pour deux cœurs tendrement unis. Elles tombèrent dans les bras l'une de l'autre. Je fus bientôt joindre mes embrassements aux leurs. Elles me remercièrent toutes deux ensemble du bonheur qu'elles avaient à se revoir. Les termes manquaient à leur reconnaissance. Elles m'en firent plus entendre par leurs gestes, qu'elle ne m'en dirent. Ce n'étaient qu'exclamations, que discours commencés que la la joie étouffait.

Enfin elles reprirent peu à peu un sens plus tranquille ; et après que Zulime eut raconté à sa sœur les aventures que nous avions eues ensemble et que le lecteur vient de lire, Théophie apprit à son tour à sa sœur que je l'avais achetée sur la place à Constantinople, avouant ingénuement qu'elle avait déjà passé la nuit précédente avec moi. Je jetai d'abord les yeux sur Zulime, pour voir quel impression ce discours faisait sur son esprit. A mon grand étonnement, loin d'en être jalouse, elle s'écria en me serrant entre ses bras : que je suis heureuse de ce que vous commencez à croire au grand Jatab ! c'est moi sans doute qui vous ai converti ; aussi ai-je bien prié pour vous ; j'espère que vous ne me ferez plus un crime de voir plusieurs hommes, puisque vous commencez à être persuadé que vous pouvez voir plusieurs femmes.

Je n'étais cependant pas encore tout à fait Jatabiste. Je n'étais que Turc ou Français, si l'on veut ; car je croyais que les hommes seuls avaient ce privilège. Je voulus faire cette réponse à Zulime ; mais ne trouvant pas de raisons pour l'appuyer, j'aimai mieux me taire. Pourquoi en effet les hommes auraient-ils seuls ce droit ? Sans approfondir cette importante question, je dirai seulement, qu'à l'exemple de tant d'autres, je voulais bien jouir de ce privilège, nullement disposé de l'accorder à Zulime. Ma naissance me donne quelque droit de penser à la française.

N'ayant rien à répondre de raisonnable, je changeai adroitement de conversation, et parlai du voyage que je devais faire en France avec Saïd Effendi. Quoi ! vous allez me quitter, me dit Zulime ? Eh ! que deviendrai-je pendant ce temps ? J'en mourrai de douleur. Je lui demandai si elle voulait me suivre ; elle me répondit qu'elle en serait charmé. Je n'en aurais pas été fâché moi-même ; mais je doutais qu'il fût possible de l'emmener. Il fallait l'agrément de l'Ambassadeur, que je ne pouvais voir que dans quelques jours ; ainsi je ne pus rien résoudre. Je passai quelque temps à Séguian avec ces deux charmantes filles, à qui je donnais autant de liberté que les dames en ont en France. Elles mangeaient avec moi et se disputaient la gloire d'avoir le plus contribué à mes amusements. J'aimais réellement Zulime ; mais je n'avais pour Théophie que le goût qu'ont généralement les hommes pour toutes les femmes aimables. Je la voyais avec plaisir, comme on voit les coquettes à Paris ; mon cœur ne prenait que peu de part aux entretiens que j'avais avec elle.

Le départ de Saïd Effendi ayant été fixé au deux du mois d'Août, je pensai sérieusement à préparer ce qu'il me fallait pour ce voyage. J'étais surtout occupé de la façon dont je m'y prendrais pour retirer des mains de Safar, fils de Béma et de Muley, mon père, dont il avait hérité, les lettres d'Euphémie, son portrait et quelques autres bijoux qui lui appartenaient, dans l'espérance que tout celà me serait d'un grand secours pour m'aider à reconnaître ma mère. Dans une visite politique que je rendis à Safar, il parut fâché de ce que j'avais acheté une esclave qu'un de ses gens marchandait. Je lui dis qu'ayant sa sœur, j'avais été charmé de les réunir ; mais que s'il voulait me rendre quelques lettres qui lui étaient inutiles, un portrait et quelques bijoux que je lui indiquai, je lui céderais volontiers Théophie, à condition cependant qu'il lui permettrait d'entretenir sa sœur aussi souvent qu'elle le souhaiterait.

Il était juste de faire voir cette esclave à Safar ; je la lui envoyai le lendemain. Il en fut si charmé, qu'il m'envoya sur le champ tout ce que je lui avais demandé et garda Théophie. Zulime en eût d'abord quelque chagrin ; mais l'espérance qu'elle eut de revoir sa sœur quand elle voudrait, la consola et la nouvelle que je lui apportai en même temps qu'elle me suivrait en France dissipa bientôt le reste de son chagrin.

Nous examinâmes ensemble le portrait de ma mère, que je baisai mille fois. C'était une brune piquante, qui, avec le plus beau teint du monde avait les yeux d'une vivacité surprenante. Zulime en fut enchantée et avoua qu'elle n'avait jamais rien vu de si charmant. Elle trouva que je ressemblais beaucoup à Euphémie. On se ressemble de plus loin. Outre le portrait, Safar m'avait encore remis une bague, des bracelets, une jarretière, jusqu'à des rubans et un grand portefeuille de velours bleu, brodé en argent, qui renfermait toutes les lettres de ma mère, la plupart des copies de celles de mon père, et plusieurs autres papiers concernant leurs amours.

Avec quelle avidité n'en pris-je pas lecture ! J'en rendais le sens à Zulime, qui n'entendait pas encore le français, et nous nous attendrissions tous les deux à chaque ligne. Elle aimait déjà Euphémie autant que moi.

Dans une visite que je rendis à Achmet Dély-Azat, un de mes proches parents et qui devait être du voyage, j'appris qu'il était dans le même cas que moi. Il aimait depuis longtemps une jeune esclave, nommée Atalide, qu'il voulait aussi emmener avec lui ; mais comme elle était Française, il craignait que charmée de revoir sa Patrie, il ne lui prît envie d'y demeurer. Enfin, après avoir changé vingt fois de sentiment, il résolut de la laisser à Constantinople, aimant mieux s'en priver quelques temps que de la perdre pour toujours. Je priai Achmet de permettre à Zulime d'entretenir Atalide, pour apprendre de cette Française les mœurs et les coutumes de sa Nation. Ces deux charmantes filles ayant eu occasion de se voir plusieurs fois, se lièrent de l'amitié la plus tendre. Elles se quittèrent les larmes aux yeux. Zulime me suivit et Atalide resta ; mais les lettres qu'Achmet lui écrivit de France et que j'espère donner à la suite de ces Mémoires, dédommageront mes lecteurs du chagrin qu'il auront de ne pas revoir à Paris une si aimable concitoyenne.

Le jour fixé pour le départ étant arrivé, nous nous embarquâmes et après une navigation des plus heureuses, et quelques chagrins que j'eus à essuyer de la part d'Achmet, qui devint amoureux de Zulime, nous arrivâmes à Toulon le dix-sept de Septembre. Notre vaisseau entra le même jour au Lazaret pour y faire sa quarantaine et en sortit le quatorze du mois d'Octobre. Saïd Effendi reçut en cette ville tous les honneurs imaginables.

Zulime, surprise de tout ce qu'elle voyait, gardait un profond silence. Elle regardait surtout les dames avec une attention singulière, les voyant répandues dans les rues sans voiles et au milieu d'une multitude d'hommes avec qui elles parlaient indifféremment. Vous voyez, me dit-elle, qu'on adore ici le grand Jatab. Examinez comme toutes ces femmes parlent, jouent, folâtrent avec tous les hommes qu'elles rencontrent. Il paraît bien qu'en ce pays on pense comme moi. Eh bien, Dély, poursuivit-elle, direz-vous encore que j'ai tort. Ces dames, lui dis-je, que vous voyez si libres en public, sont plus réservées dans le particulier et mon père m'a dit cent fois que, si j'allais jamais en France, rien ne m'y causerait plus d'étonnement que les femmes. Il ajoutait, qu'il fallait les fréquenter longtemps pour les connaître et ne pas en juger par les apparences. Non, chère Zulime, si je vous voyais comme toutes ces jeunes personnes courir follement les rues et prendre le premier homme par le bras, je ne vous aimerais plus. Etudiez les Françaises, j'y consens ; mais laissez leurs défauts et ne prenez que ce qu'elles ont de bon. Ce n'est pas ici qu'il faut faire cette étude ; Paris vous offrira de plus beaux modèles.

Arrivé à Lyon, je commençai à concevoir une haute idée de la France. Tout ce que Zulime voyait redoublait son étonnement. Hélas ! me disait-elle à chaque moment, qu'est-ce que l'habitation d'Asor auprès de tout ceci ? S'apercevant que partout où nous allions, on rendait plus d'honneur aux dames qu'aux hommes : il est donc un pays dans le monde, me disait-elle, où les hommes dépendent de nous ? En France, ils paraissent soumis à toutes nos volontés. C'est nous qui leur commandons. Ils semblent être beaucoup honorés d'un de nos regards. On les voit soumis, respectueux en notre présence. Une femme, même d'une condition médiocre, est honorée par les hommes de premier rang, au lieu qu'à Constantinople on nous compte pour rien. Nous n'y sommes que des esclaves. Ici je ne vois d'esclaves que les hommes. Les dames, poursuivit Zulime, en auraient-elles plusieurs dans des sérails comme vous avez des femmes en Turquie? Je ne pus m'empêcher de rire de cette question et lui dit que, n'étant jamais venu en ce pays, je n'en savais pas plus qu'elle sur cet article.

Comme nous étions avec des dames et des messieurs quand elle me fit cette demande, à laquelle je ne satisfis apparemment pas à son gré, elle proposa la question tout haut et ne laissa pas de se faire entendre, malgré le peu de français qu'elle savait. Tout le monde éclata, ce qui lui fit juger que sa demande était ridicule. Elle en rit elle-même, et l'on crut qu'elle badinait, personne ne s'imaginant qu'on pût faire cette question sérieusement. Déjà de jeunes officiers français commençaient à lui prendre les mains et elle leur donnait sans façon.

Je connaissais ses sentiments. De crainte que ces commencements n'eussent des suites, sous prétexte de vouloir lui faire voir ce qu'il y avait de curieux dans la ville, je la tirai de ce cercle. Un jeune petit-maître lui offrit son carosse. Elle l'accepta. Je suis dans un pays où l'on ne contredit par les dames. Il fallut en passer par là ; bien heureux qu'on voulût bien me mettre de leur partie. Je savais déjà qu'en France, ceux qui ont le plus de droit d'en être, n'en sont pas toujours.

Nous quittâmes Lyon, sans avoir à ce que je crois, partagé les faveurs de Zulime avec aucun français. Plus nous approchions de Paris, plus mes craintes redoublaient. Nous arrivâmes enfin à cette grande ville, le 16 décembre. On nous assigna d'abord des logements au faubourg Saint-Antoine, où nous demeurâmes quelques temps, pour nous remettre de notre fatigue et préparer ce qui était nécessaire pour notre entrée publique.

Pendant le séjour que nous fîmes à la maison de Titon, que nous occupions, tout Paris vint nous voir en foule et comme je parlais français parfaitement, c'était à moi que chacun se plaisait à faire mille questions, auxquelles je répondais le plus poliment possible. Un jour, entr'autres, deux dames me prièrent de leur faire voir l'Ambassadeur. Après que je les eus conduites à l'appartement de Son Excellence, qui les reçut avec politesse, je les menai prendre le café. Ces françaises me dirent qu'elles étaient charmées de revoir Saïd Effendi, qu'elles avaient fort connu la première fois qu'il vint en France avec Méhémet Tefterdar, son père. Elles me demandèrent des nouvelles d'un grand nombre de Turcs, qui firent pour lors le voyage. Comme je leur eu dis de tous ceux qu'elles me nommèrent, parmi l squels se trouvait Bacha Muley, je leur appris le triste revers qu'il avait essuyé ; et dans l'espérance que ces dames pourraient m'aider à découvrir ma mère, je les priai de me permettre de leur rendre une visite et de leur présenter une amie tendre que j'avais avec moi, car je quittais peu Zulime. Elles me le permirent avec bonté, en me disant qu'elles étaient d'un âge à ne plus craindre les discours du public, quelqu'aimable que je paraisse à leurs yeux.

Je ne fus pas plutôt libre, que faisant réflexion à l'entrevue que je venais d'avoir avec ces dames, mille idées me passèrent par l'esprit. Pourquoi, me disais-je, ces Françaises ont-elles été si sensibles aux malheurs de mon père ? Aurais-je vu la tendre Euphémie ou quelques unes de ses amies ? Pourquoi m'ont elles quitté si précipitamment ? Hélas ! c'était peut-être pour cacher les larmes qu'allait leur arracher l'infortune de Muley. En vain je regardais le portrait de ma mère pour y chercher quelque trait de ressemblance avec ces françaises, je n'en trouvais aucun ; mais faisant tout à coup réflexion au changement que vingt années apportent sur un visage, je retombai dans ma cruelle incertitude.

Mon impatience de revoir ces dames était si grande, que j'eus bien de la peine à me résoudre à attendre au lendemain pour rendre ma visite.

Je fus d'abord trouver Zulime, à qui j'avais donné un appartement dans le faubourg St-Antoine, une femme de chambre, un laquais et des habits à la française, pour qu'elle excitât moins la curiosité du public. J'assistai ce jour-là à la toilette de cette belle. Comme je lui avais fait acheter tous les froufrous et les colifichets qui servent à l'ornement des dames, j'avais un plaisir infini à lui entendre dire à chaque instant : « Encore « cela ?.. Ce ne sera donc jamais fait ?.. Perdre « la moitié du jour à ajuster ce qu'on défait le « soir ; quel abus ! » Quand elle en fut au rouge et qu'on lui eût dit qu'il en fallait mettre absolument pour être à la mode, elle ne put s'y résoudre : en effet, je ne puis comprendre comment de jeunes personnes aimables peuvent avoir recours à l'art, au sortir des mains de la nature, qui s'est épuisée pour les embellir. C'est être peu reconnaissante. Bon pour les vieilles, dirait Zulime ; elles peuvent racheter par cet article une dizaine d'années ; mais pour moi, de l'eau fraîche me suffit. C'était à la fontaine voisine de l'habitation d'Asor que j'allais faire ma toilette et chercher mon fard. Je lui fis entendre que chaque pays avait ses usages et qu'il fallait se conformer aux maximes de celui où l'on vivait, pour ne pas être ridicule. Elle obéit.

FIN DE LA PREMIÈRE PARTIE

Imprimerie
Fontaine - Dupont
Montreuil - s - Mer
(Pas-de-Calais)

www.ingramcontent.com/pod-product-compliance
Ingram Content Group UK Ltd.
Pitfield, Milton Keynes, MK11 3LW, UK
UKHW020243220726
13923UKWH00002B/796